猫沢文具店の借りぐらし

谷崎 泉

富士見Ｌ文庫

NEKOSAWA
BUNGUTEN

CONTENTS

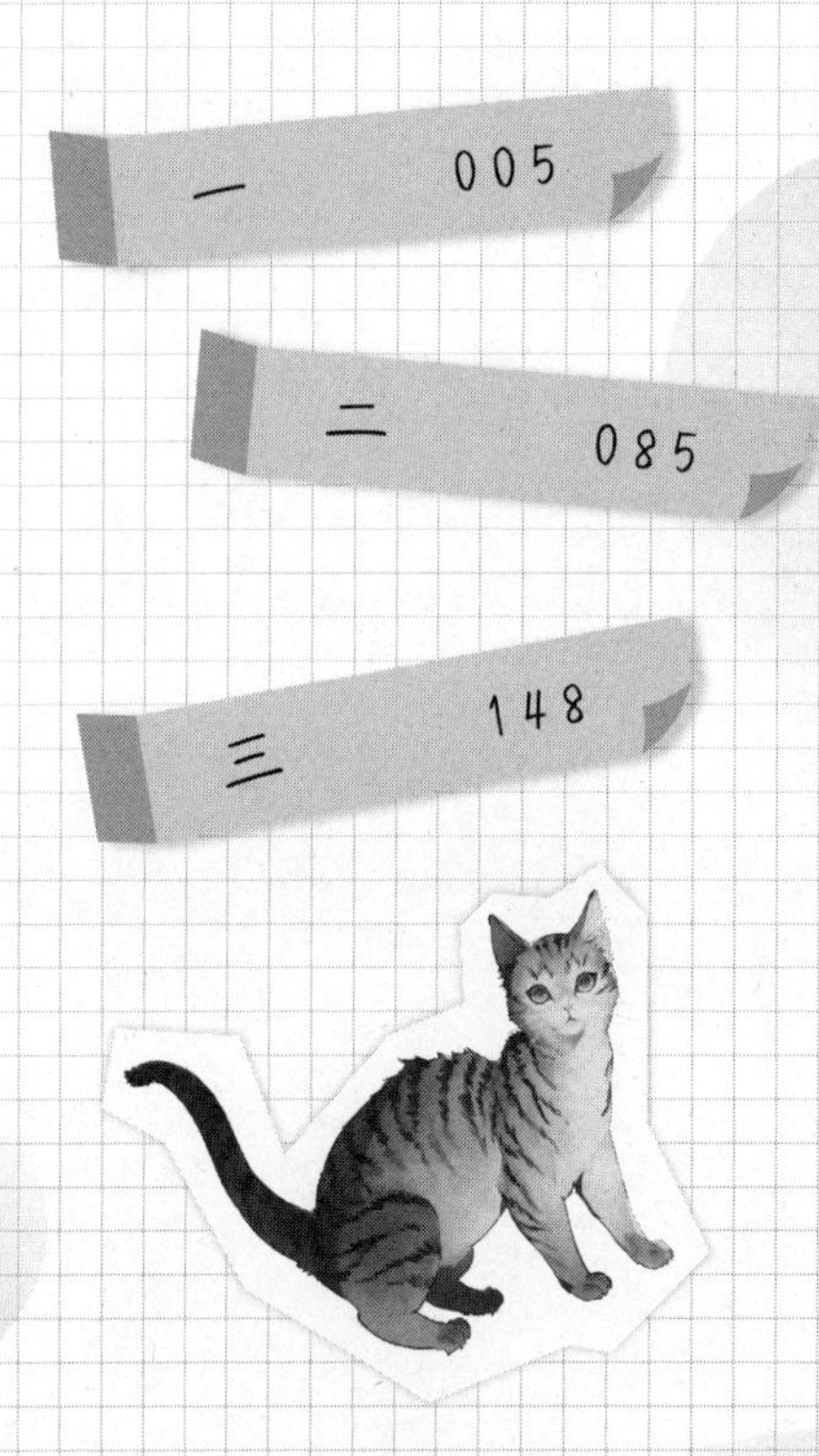

イラスト／榊 空也

一

時刻は午後六時五十五分。閉店の七時まであと五分。もういいだろうと判断して立ち上がり、薄暗くほこりっぽい店の中を歩いて、出入り口へ向かう。

四十平米ほどしかない小さな店だから、二十歩程度で辿り着く。サッシの引き戸の前に立つと、センサーが反応してピンポーンとチャイムが鳴った。来客用のチャイムのスイッチを先に切ってから、引き手を引いて外へ出る。

「……」

昼間が暖かかったせいか、夜になっても空気はさほど冷たくなっていなかった。店の中の方が冷えているくらいだ。

長い間座ったままでいたから身体が縮こまっていて、両手をあげて伸ばしてみる。ちょうど店の前を通りかかったスーツ姿の男性と目があってしまい、気まずい思いで背を向けた。

店のシャッターを閉めようとして、隅に置いてあるフック棒を手にした時、先日貼ったばかりの「お知らせ」が目に入った。

「……」

営業時間　午後一時から午後七時。不定休。
都合で営業時間が短くなる場合があります。

パソコンで文字だけのデータを作り、プリントアウトしたものを、引き戸上部のガラス部分にペイントされていた以前の営業時間を隠すようにして、上から貼った。

以前の営業時間は午前九時から午後六時、水曜定休だったが、そんなに長い間開けていたってさほど客は来ないのだから、私の都合で昼からの営業に変更した。

今日だって、一時から店番をしていたけれど、客は一人も来なかった。文具店に閉店間際の駆け込み客なんか来るわけもないので、定時前に閉めても差し支えはないはずだ。

フック棒をシャッターの座板に引っ掛けた際、母の言葉がふいに頭に浮かんだ。

シャッターがね。開けられないのよ。閉めるのは出来るんだけど。

確かに、閉めるのは棒を引っ掛けて引っ張るだけなので、さほど力は要らない。開ける際は下から持ち上げるようにしなくてはならないので、倒れて体力の落ちた母には難しかったのだろう。

地面まで下げたシャッターをロックし、引き戸を閉めて鍵をかける。陳列棚の間を通り、レジカウンターまで戻ると、その脇に置いていたタブレットとスマホを手に持った。壁面のスイッチを操作し、店の照明を落とし、空調を切る。

お疲れ、私。今日も頑張った。

私の実家である「猫沢文具店（ねこさわぶんぐてん）」は祖父が自宅の一部を改築して始めた店だ。駅から歩いて十分の住宅街の中で、どうして文具店をやろうと思ったのか、聞いたことはないので分からない。

私が五歳の頃、祖父が亡くなり、私たち家族は祖父の家に引っ越した。祖母は先に亡くなり、祖父は一人暮らしをしながら店を開けていた。祖父の遺言で、長男である父が家を相続すると同時に、店も続けなくてはならなくなった。

当時、既に店の営業状態は芳しくなく、父が仕事を辞めて店を継いでしまえば、一家で路頭に迷うことになりそうだったので、代わりに母が店を守ることになった。母は私と姉と兄という三人を育てつつ、文具店をそれなりに切り盛りしていた。

私たちきょうだいが成長し、全員が家を出て、父が亡くなっても母は店を続けていたのだけど、今年の春先、大きな転機が訪れた。

母が倒れたのである。

「……よし。まずはビールだ」

冷蔵庫を開けてビール……正確にはちょっとお安い発泡酒なのだが……を取り出す。プルトップを開ける時のプシュッという音が最高に好きだ。本物のビールを毎日飲むのは罪悪感があるけれど、特売で購入した発泡酒ならばまだ許されるだろう。

安くて美味しい発泡酒を開発してくださるメーカーの皆様の企業努力に乾杯。ありがとうと感謝しつつ、そのままグビリといかせていただく。

三十二歳の私が実家で節約生活を送っているのには事情がある。長い話だ。

「今日も～麵～明日も～たぶん～麵～」

歌いながら取り出した焼きそばと豚肉、キャベツに卵をひとつ、調理台の上に置いて、フライパンを用意する。油を引いたフライパンを熱し、まずは目玉焼きをこしらえる。

節約しているからといって、栄養状態を偏らせるわけにはいかない。長い人生を一人で生き抜くためには健康第一、タンパク質の摂取にも気を遣わなくてはならないのだ。

最初は中火でカリッと白身を焼き、とろ火で全体的に火を通す。黄色が美しい目玉焼きが出来上がると皿に移して、豚肉を焼く。レンチンしたそばを放り込んで、焼き色をつけながら炒め、千切りにしたキャベツをあわせて、ソースをぐるぐる回しかける。

「完璧」

野菜に肉に卵に炭水化物。一皿に全ての満足を詰め合わせた焼きそばを盛りつけた皿をダイニングテーブルへ置き、飲み終えてしまった発泡酒の代わりに、グラスに注いだ焼酎をお供にする。

「頂きます」

タブレットでサブスクのドラマを流しながら、ささやかな食事を楽しんでいるとスマホが鳴った。画面を見れば「長田」という名前があって、スピーカーで通話する。

『猫沢？　今、いい？』

「お疲れ様です。私はいつでも大丈夫です」

『いつでもって…何してんのよ？』

「焼きそば、食べてます」

お腹が空いているのか、長田さんが「いいな」とうらやましそうに呟くのが聞こえる。たぶんまだ会社で、夕食前なんだろう。自由な暮らしが申し訳なくて、「すみません」と謝った。

『なんで謝るのよ』

「長田さん、食べたいのかなって」

『私だって今から帰るし。今日はカレーだし』

うらやましくはないと言い張るところをみると、相当、空腹なんだろう。焼酎まで飲んでいると知ったら地団駄を踏みそうだ。ふっと余裕の笑みを浮かべても、長田さんの目には入らないので突っ込まれることはない。

『それより、明日、大丈夫？』

「もちろんです」

実家に引っ越してはや二週間。一度、遊びに来たいと言う長田さんにいつでもいいですよと返したところ、明日を指定されたのだ。約束は覚えているし、突然訪ねて来られたって困ることのない暮らしだ。

駅まで迎えに行くので時間が分かったら教えて欲しいと返し、通話を切った。停めていたドラマを再開させ、少し冷めてしまった焼きそばを食べ始める。冷めても美味しいのが焼きそばのいいところだ。

長田さんはカレーだと言っていた。カレーもいいな。茹で卵を添えたら完璧だ。

長田さんは私が新卒で入社した出版社の先輩で、十年近く同じ編集部で苦楽をともにした恩人でもある。今は転職し、違う出版社で働いている。転職先を決めてから退職した長田さんは、ぶち切れて辞表をたたきつけてしまった私からすると、尊敬しかない偉大な人である。

焼きそばを食べ終えた後も、だらだら焼酎を飲みながら、ドラマを見続けていたが、最終回を迎えてしまったので、仕方なく風呂に入った。明日から何を見ようか悩みながら、火の元と施錠を確認して、二階へ上がった。

二階は六畳が一間と、四畳半の部屋が二つある。四畳半の部屋は襖一枚で繋がっていて、子供の頃は私と姉で使っていた。今は襖を取り外し、二部屋を一人で占領している。

といっても、実家へ持ち帰った荷物は着替えくらいのもので、布団も押し入れに置いてあった客用のものを使っている。南側に窓のある部屋の方に布団を敷き、眠りにつく。真っ暗にした部屋で横になると、どうしても考えないようにしていることが頭に浮かぶ。

なんで私はここにいるんだろう？
毎日の終わりは、そんな疑問から始まる。

母が救急車で病院へ運ばれたと知らされたのは、三月に入って間もなくの頃だった。長子として病院から連絡を受けた姉が、仕事ですぐに行けないので頼めないかと電話してきた。十二月に仕事を辞めたばかりで、いくらでも時間の融通が利く無職の私は、急いで病院に駆けつけた。

姉から脳卒中らしいと言われ、最悪なことばかり考えてしまっていたが、病院で面会した母は思っていたより元気だった。医師の説明では、脳に出血が見られるけれど、場所や大きさ的に手術を要するほどではないので、恐らく三日程度で退院出来るとのことだった。

医師から聞いていた通り、母は間もなくして、軽い麻痺(まひ)が残った微妙な状態で自宅へ戻った。

一人で暮らせないわけじゃないが、不便はある。更に、特に病気を抱えているわけではなかったので、また起こるかもしれない脳卒中に対する予防策はこれといってなく、いつ倒れるか分からないという不安を抱えることになった。

このまま一人暮らしをさせておくのはまずいのではないか。きょうだい三人で話し合いの場を設けようという話が出たが、姉も兄もそれぞれの都合を優先させるものだから、なかなか日程が決まらなかった。元々姉は母と不仲で、兄は長年定職に就いておらず、あてにならない。

よって、無職の私が母の様子を見に行く係となった。数日おきに訪れていたのだが、幸いにも母は訪ねる度に元気になっていった。その姿を見て、黙っていた事情を打ち明けた。母と話をしたのは一月が最後で、その時に退職したことを伝えて、心配をかけたばかりだった。回復しつつあるとはいえ、倒れたばかりの母に…と気が進まなかったが、いずれ伝えなくてはいけなかった。

「え…？　それって…もうあそこには住めないの？」
「みたい」
「どうするの？」
「引っ越す…しかないんだけど」

一月の終わり。三十歳の時に終の棲家（すみか）として蓄えをはたいて購入したマンションの耐震強度に問題があることが発覚した。管理者側から退去するようにという報せが来た時、余りに寝耳に水の話で愕然とした。

間もなくして開かれた説明会ではローンを抱えた住人たちの怒号が飛び交い、阿鼻叫喚の図となった。それを思い出しながら、諦観を浮かべた顔で「はは…」と乾いた笑いを漏らす私を、母は気の毒そうに…本当に心底気の毒そうに、見つめた。分かる。私だって、自分の波瀾万丈ぶりに飽き飽きしているところだ。

「それって…補償はしてくれるのよね？」

「たぶん…。でも、すぐってわけじゃないみたいで、とにかく、今、大きな地震とか来たら危険だから、出来るだけ早く出てくれ…っていう話なんだよね。ローンとか組んでる人は、どっかに部屋借りるにしても出費が重なるじゃない。だから、もうマンション中が大騒ぎで…」

「二胡はローンって…」

「徹さんと貯金を出し合って現金で買ったから、組んでないよ」

「そう…」

母はよかった…という顔をしたけれど、私が「徹さん」と名前を出したので、言葉にするのを遠慮したようだった。気を遣わせるのが申し訳なく、軽い感じで肩を竦める。

「そんなわけで、今部屋を探してるんだけど、近所の賃貸でよさそうなところは埋まっちゃったみたいで…」

どうしようかなと思ってる。そう呟いて、テーブルの上に置かれている木製の菓子鉢から個包装のクッキーを手に取る。パッケージを破ってクッキーを齧ると、母は小さく息を吐いて、手元にある湯飲みを持ち上げた。

一口お茶を飲み、湯飲みを置いて口を開く。

「お母さんね。しばらく熱海に行こうかと思ってるのよ」

「熱海って…」

旅行じゃないよね？　と確認する私に、母は頷く。熱海に行くと聞いて、旅行だと思わなかったのにには理由がある。

熱海には父の妹である洋子おばさん夫婦が住んでいる。母と洋子おばさんに血のつながりはないが、とても仲が良く、父が亡くなり一人暮らしになった母に、洋子おばさんが一緒に暮らさないかという話を持ちかけたことがあるのを知っていたのだ。

洋子おばさんに子供はなく、長年証券会社に勤めていたおじさんはそれなりの財産を築いて早期退職し、熱海にリゾートマンションを購入して移り住んだ。温泉つきジムつきプールつきの豪華な物件で、一緒に暮らすという申し出は受けなかったものの、母は定期的に遊びに行っていた。

「先週も洋子ちゃんたちがお見舞いに来てくれて…やっぱり、一緒に住もうって言ってくれて。ちょっと手とか足とか、動かしづらくなったじゃない? リハビリには温泉がいいんじゃないかって」

「まあ…そうかもしれないね」

「この程度の麻痺で済んだのは運がよかったんだろうけど…やっぱり色々不便があるのよね。リハビリの先生が言うには、時間をかけて根気よくリハビリしたらよくなるみたいなの。だから、それまで洋子ちゃんたちにお世話になろうかなって。体が戻らないうちにもう一度倒れたりしたら怖いじゃない」

「お母さん…」

「悪いんだけど、一湖とも央介とも…二胡とも、一緒に暮らしたくないのよね。迷惑をかけたくないっていうんじゃなくて、洋子ちゃんたちと暮らす方が気が楽なのよ」

「……」

子供に気を遣わせたくなくて言っているのではないと…いや、それもあるのかもしれないが、ほとんどが本音なんだろうと思えた。私たち三人きょうだいは色んな意味で母に心配をかけすぎて、だからこそ、母が距離を置いているのは分かっていた。

洋子おばさんたちと一緒にいた方が、母は気楽だろう。絶対に。

「そうだね…」

母の選択に何も言えず、私は頷くしかなかった。残りのクッキーを噛み砕き、お茶を飲む。母の淹れるお茶はいつも少し苦い。

「だから、ここに住んだら？」

「え？」

「私が熱海に行ってる間、ここは空き家になるわけだし、帰って来ればいいじゃない。家賃が浮くでしょう」

確かに…その通りなのだが。家賃がいらないから実家に戻るという考えがなかった私は、すぐに返事が出来なかった。

大学に進学し、実家を出てから十四年。ここで暮らした年月より長く、よそで暮らしてきた。今更…と迷っていると、母は畳みかけるように現実を突きつけてきた。

「狭い部屋だとしても借りるのに七万とか八万とかいるんでしょう？　会社、辞めちゃってお給料もないのに、どうやって払うの？」

「まあ…取り敢えず、貯金から出して…後から返して貰えるかもしれないみたいだし」

「後からっていつ？　本当に返して貰えるかどうか、分からないじゃない」

「それは…」

確かに…そうなのだ。どこまで補償して貰えるのか、現段階では全く分かっていない。喧々囂々(けんけんごうごう)の説明会で、業者はひたすら謝るばかりで具体的な話は一切出てこなかった。

「貯金だってマンション買ったりした時に使っちゃったんでしょ。退職金だってそれほど貰えたと思えないんだけど」

「……」

図星なので何も言えない。蓄えがないわけじゃないけれど、あるわけでもないのが現状だ。

「就職先も見つかったの？」

「探してる…最中で…」

つまり。無職で家をなくして…路頭に迷っているというやつなのか。私は。

母の言葉で改めて自分の状況を客観的に考え、困惑する。仕事を辞めた時は、自分には家賃のいらないマンションがあるのだし、生活費くらいならなんとかなると考えていた。ハローワークに通いながら失業手当を貰いつつ、ゆっくり仕事を探せばいいやと思っていたのだが…。

実のところ、母が倒れたという連絡を受けてから、就職活動はしていない。余りにも色々ありすぎるので、何もかもから逃避したくて毎日ぼんやり過ごしていた。

「私は洋子ちゃんたちのところへ行く話を進めるから。二胡も考えてみなさい」

「……」

ここに…住むことを？　ぐるりと見回した実家はよその家でしかなくて、困ったなあという溜め息しか出なかった。


しかし。現実的に考えてみると、自分の状況はかなり深刻で、母の勧めは大変有り難いものだった。

月に八万の家賃を払うとして、年間九十六万。再就職したお給料から払うとしても、さほど高給の職に就けるとは思えず、毎月赤字にあえぐ生活になるのは目に見えている。マンションを建て直すか、補強工事をするかはまだ検討中みたいだけれど、どちらにしても決着するまで相当の時間がかかりそうだ。

その間に蓄えは減っていき、歳も取る。先が暗い。暗すぎる。

これはやはり実家に一度戻り、人生を立て直そう。そんな決意をして母に連絡を取ったところ、「実家にいる間は文具店を継続する」という交換条件を持ち出されたのだった。

長田さんを駅まで迎えに行き、歩いて十分。到着した「猫沢文具店」の前に立った長田さんは、元は緑色だったけれど、すっかり色褪せた庇代わりのテントを見て、「これはこれは」と感心した。

「なかなかレトロだね」

「ただぼろいだけですよ」

「ぼろいなんて、身も蓋もない」

そんな言い方はさすがに出来ないと苦笑し、シャッターの閉まっている店を指さして、今日は定休日なのかと尋ねる。

「不定休なんです。今日は休みます」

「いいの？　それで」

「お客さんなんてほとんど来ないんで」

大丈夫です…と言いながら、自宅の玄関へ回るよう、長田さんを案内する。猫沢文具店は南西の角地に立っており、南側に店の出入り口、西側に自宅玄関がある。角を曲がって公道に面した自宅の門扉を開け、「どうぞ」と長田さんを招き入れた。

「でも、店を続けるのがお母さんの条件だったんでしょう？」

「はい。店を開いたのは祖父なんですが、その遺言だからって」

「律儀だね。ぶっちゃけ、儲かってるの？」

「まさか」

首を横に振り、客が一人も来ない日の方が多いと話すと、長田さんは怪訝そうな表情になった。

「それで光熱費とか出るの？」

「出ないと思いますよ。私も替わったばかりでまだよく分かってないんですが、祖父の残したお金で赤字を補塡しているようです。そのお金がなくなるまでは続けたいらしくて…」

「じゃ、それまで猫沢が？」

文具店を続けるのかと聞かれ、もう一度首を振った。

「ここで暮らすのはマンションの問題が片付くまでですから。補強工事だけで済むならもう一度あそこで暮らせるみたいですし…。取り壊して建て直すってことになったら時間はかかるでしょうけど…」

「再就職したらどうするのよ？」

「休みの日だけ開けるってことで了解貰ってます」

「なんか意味なくない？」

「ですよねえ」

姉も母が熱海に行くのを機に、店を閉めた方がいいのではないかと話していた。けれど、母はどうしても譲らず、店を続けて欲しいと言い張った。元気になったら戻ってきて、自分が続けるからと。

そこまでする必要がどこにあるのか、理解不能だったが、世話になる私には強く意見することは出来ず、なんとなく続ける方向で了解を得た。

「どうせなら『猫沢』っていう奇跡の名字を生かして、猫に特化した文具店にするとかどう？」

「奇跡ってなんですか。文具なんて、薄利多売の商売ですし。ネットが主流の時代に、こんな住宅街の中ではやっていけませんよ」

「そうかなあ」

いけると思うけど…と呟く長田さんは猫を飼っている猫好きで、猫グッズもたくさん持っているから、自分が猫の文具を欲しいとか思っていそうだ。

自宅側の玄関から家の中へ入り、長田さんを居間へ通す。家自体は古いけれど、中はそうでもないという感想を漏らす長田さんに、父が亡くなった後にリフォームしたのだと話した。

「キッチンと居間と…あと、風呂とかトイレとか水回りを。だから、一階は手前の和室以外はほとんど新しくなってるんですが、二階は昔のままですよ。ザ昭和です」

「うちの実家も似たようなもんだよ。でも、ここに一人って…贅沢だね」

一階には居間と続きの台所に水回りと八畳の和室、二階には六畳に四畳半が二間。更に店と庭…という昭和の頃にはごく普通だったであろう、なんでもない一軒家だけれど、現代の基準からすると贅沢と言えなくもない。一人分の専有面積としては言わずもがなで、長田さんに相槌を打って、適当に座ってくださいと勧める。

「マンションの荷物はどうしたの？　まだそのまま？」

「はい。まだ取り壊すのか補強工事になるのか決まってないので…取り壊すことになったらトランクルームなんかを借りて移動させなきゃいけないのかなと。今はとにかく危ないから出てくれとしか言われてなくて…まあ、ここは全て揃ってますから。着替えだけ持って来ました」

「大変だよねえ。それってまるっと引っ越さなきゃいけない人もいるってことでしょ？」

「そうですね。お隣の四人家族は、近くの賃貸マンションに引っ越すって話でした」

「それって引っ越し代とかも出してくれるの？」

「まだ分かりません」

うわあ…と言って眉を顰める長田さんに、苦笑してコーヒーでいいかと聞いた。長田さんが頷くのを見て、コーヒーメーカーをセットする。

補償してくれるとしても、目の前のお金は立て替えなくてはいけないので、本当に大変なのだ。だから、危ないと分かっていても動けない入居者も多いと聞いた。

「もう、本当に、気の毒過ぎるよ。ジェットコースターみたいじゃないか。猫沢の三十代は」

ほとほと疲れたというように長田さんはソファの背に身体を預けてクッションを抱き締める。分かる。当事者の私は余りの高低差にくらくらしてしまい、地に足が着いていない気分がずっと続いている。

いや、だけど。

「でも。ジェットコースターって…あがったりさがったりするじゃないですか？」

「えっ。いや、その、私はこう…なんていうか、ぐるんぐるんしたりするじゃない？　そういうのをイメージして…さがりっぱなしとか、そういうの、イメージしてなくて」

「さがりっぱなし…」

「いや、違う、違うから！」

慌てて失言を撤回する長田さんに、「いいんですよ」と微笑んでみせる。お前の人生さがりっぱなしだな！　と言われた方が、いっそすっきりする。

思えば、身の程を弁えない高いところにまで昇り過ぎたのだ。私の人生は。

頭の中身も容姿もほどほど、愛嬌はなく、自ら進んで恋愛に関わる意志もなかった私は、結婚なんて自分には一生無縁だと思っていた。

それなのに、三十歳の誕生日に運命の人に出会ってしまった。

運命の人なんて、大袈裟な言い方はどうかと思うのだが、長い間交際相手にも恵まれなかった私が、出会って半年で結婚までしたのだから、運命の人だったのだと思う。

結婚し、マンションを買い、愛する人と過ごしたしあわせな日々は、出会ってから一年と少しで唐突に終わりを迎えた。最初の結婚記念日を一緒に迎えられないことを詫びながら、徹さんは旅立っていった。

悲しむというよりも、全部が嘘みたいで…何か壮大なドッキリ企画にでも引っかかったんじゃないかと思うくらい、現実感がなかった。

周囲に心配されながらも、ぼんやりしたまま仕事だけは続けていたのだが、以前から折り合いの悪かった上司の言動に切れて、殴りかかるという暴挙に出てしまい、辞表を出すことになった。

一生を共にすると決めた連れ合いの上に仕事まで失い、ぼんやり度に拍車がかかったところへ、全財産はたいて買ったマンションに耐震偽装が発覚し、退去を迫られた私の人生は、さがりっぱなしと言う他ないだろう。

結婚相手に仕事、更には家まで失ったのだ。どん底である。

「ま、まあ、下がりきったらあとは上がるしかないんだしさ」

「ここが底でしょうか…」

「えっ」

「冗談です」

焦る長田さんに笑みを向けて、出来上がったコーヒーをマグカップに注ぐ。長田さんが買ってきてくれたケーキを食べるための皿やフォークと一緒にトレイに載せ、ソファの前のローテーブルまで運び、その横に腰を下ろした。

ソファの背にもたれて座っていた長田さんは身を起こし、ローテーブルの上に置いていたケーキの箱を開ける。

「ほら、猫沢の好きなザッハトルテ買ってきたから。食べて食べて」

「ありがとうございます。ケーキなんて高いもの…久しぶりです」

「えっ…高いって…いや、そりゃ、安くはないけど…」

「節約生活を送っているもので」

私がどうして節約生活をしなくてはならないのか、長田さんはよく知っているだけに、神妙な顔付きで沈黙した。皿に移したザッハトルテを私の前に置き、「たんとお食べ」とおばあちゃんみたいな台詞を吐く。

長田さんも私も、料理雑誌の編集部にいたし、長田さんは今も料理関係の書籍を専門とする編集者だ。よって、世のグルメ情報に詳しいから、買ってきてくれたケーキも間違いのないもので、一口食べて目を見張った。

「ん！　美味しいですね。これ」

「でしょう？　去年出来た店なんだけど、チョコ系のケーキが充実してて、特にこのザッハトルテが美味しくて」

「ああ…美味しいものって、食べるだけでどうしてこんなにしあわせになれるんでしょうね」

「美味しいからじゃない？」

シンプルな返しに頷き、ちびちびと削るようにしてザッハトルテを食べる私を見ながら、長田さんは「で」と切り出した。

「これからどうするつもりなの？」

長田さんの言う「これから」は仕事に関する「これから」だろう。フォークを置き、コーヒーを一口飲んで、しばらくは節約生活をしながらゆっくりするつもりだと答えた。

「ここにいれば家賃はいらないですし。ハローワーク行ったりして、求人情報も色々見てたんですが、なかなかこれといったものがなくて。特技も資格もないですしね」

「編集者は？　もうやらないの？」

「雇ってくれませんよ。狭い業界だし。編集長に殴りかかった女ですよ？」

出来るだけ重くならないような感じで言ったつもりだが、長田さんの眉間に縦皺（たてじわ）が刻まれるのを見て、「すみません」と謝る。長田さんは更に皺を深くした。

「なんで猫沢が謝るのよ。謝らなきゃいけないのは私だよ。…猫沢、…」

「いやいや。ぎりぎりまで我慢して、転職先見つけてから辞表を出した長田さんは社会人として正しいですよ。後先考えない暴力はいけません」

なんて、殴りかかった当人が言ったところで説得力に欠けること極まりない。本当に、もう思い出したくもないけれど、厭（いや）な奴だったのだ。私たちが「仕えて」いた編集長は。

「まあ…編集の仕事は諦めて、何か探します」

「何かって？」

「これから考えます」

「ゆっくりするのは賛成だけどさ。もったいないよ。…猫沢さ、すぐに再就職するつもりがないなら、ライターの仕事してみない？」

「ライターって…」

どういうことかと聞く私に、長田さんは今いる編集部で料理関係のＷｅｂマガジンを立ち上げ、記事を書けるライターを募集しているのだと話した。

「正直、稿料は安いんだけど…ケーキ代くらいにはなるよ？」

それで食べていくことは出来なくても、アルバイト感覚でやるのなら悪くないのかもしれない。内容を教えて欲しいと前向きに尋ねる私に、長田さんは笑みを浮かべて頷いた。

その後、長田さんはケーキを食べ、コーヒーを飲んで帰っていった。駅まで送った帰り道、長田さんは私が考えているよりもずっとたくさん、私を心配してくれているのだなと思い、申し訳なくなった。

長田さんを駅まで送り、帰ってくると、まだ午後四時だったので店を開けることにした。客は来ないと分かっていても、夕飯には早いし、ぼんやりするには長すぎる時間だ。同じぼんやりでも店番という大義名分があった方が、なんとなく格好がつく。

自宅玄関から中へ入り、廊下の右手にある店への出入り口の引き戸を開ける。真っ暗な店の照明と空調を点けて、コンクリート張りの床に置いてある突っかけを履き、シャッターを開けに行く。

ガラガラと引き上げたシャッターをロックし、来客用チャイムのスイッチを入れたら、準備完了だ。レジカウンターの内側にある椅子に座り、ふうと息を吐いた。

「……」

夕方近くになっているから、店の前を通り過ぎる人の姿も増えてきている。引き戸上部のガラス部分からは外の様子が眺められる。午前中は駅へ向かう人が右から左へ、午後は家へ帰る人が左から右へ、流れていく。

店番を始めてまだひと月経っていないけれど、随分慣れてきた。レジカウンターに肘をつき、掌で顎を支えて人の流れを眺めていると、夜、眠る前にいつも頭に浮かぶ問いかけが顔を覗かせた。

なんで私はここにいるんだろう？

「なんでって…」

お酒も入ってないし、布団に入ってるわけでもないから、夜よりも思考ははっきりしている。

なんで？

お金がないから。仕事がないから。住むところもなくなったから。

ああ…。……さんが、いきてたらな。

「……」

辛くなるだけだから、絶対に言葉にしないと決めている思いが涙と共に溢れ出しそうになって、ぶるぶると身体を震わせた。しっかり、私。

自分で自分を励まして、息を吸う。深く吸い込んだ息を吐き出しかけた時、出入り口の引き戸が開く音が聞こえた。

「っ…ケホっ…」

店番をしているくせに客が来たのに驚き、噎せて咳き込む。ピンポーンという古くさいチャイムと共に現れたのは…制服姿の女子高校生だった。

「……」

レジカウンターから出入り口の引き戸までは、陳列棚に挟まれた通路が突き抜けている。棚の陰に隠れて客の姿が見えない場合もあるが、大抵の場合、どういう人物が入ってきたのかは分かる。

紺色のジャケットとベストに白いブラウス、紺色のスカート。地味な制服でも有名なものだから、何処の学校なのかすぐに分かった。優秀な女子が通う御三家の一つである、ソフィア女学院の制服だ。

細身で背が高く、ボブカットの髪をセンターわけにして、耳にかけている。ちょっと目が離れた、可愛らしい顔立ちの子だ。

何故、女子高校生がこんな潰れかけの文具店に？　理由が分からず、怪訝そうに見た私と目が合った女子高校生は、息を呑んだようだった。

私を見て驚いた？　驚かれる要素はないはずなのだが…。

びっくりしているのはこっちの方だ。店番を始めてから来た客は、そのほとんどが母と顔見知りの近所に住む老人だった。母は大丈夫なのか、遠くへ行ってしまって寂しい…など、買い物をしに来たというより、様子見に来たような客ばかりだったのに。

女子高校生？

不思議に思いつつも、お客に対して「どうして？」と聞くわけにもいかず、じろじろ見るのも失礼なので、それとなく視線を外して様子だけ窺っていた。

間違えて入ってきたという可能性も…いやいや。長田さんだってレトロだと驚いていた店構えである。女子高校生が間違えて入る店じゃない。

それに間違えたのならすぐに出ていくはずだ。出入り口のところで一度立ち止まり、私を見て息を呑んだ女子高校生は、そのまま出ていったりはせず、引き戸を閉めた。それから陳列棚の間の通路を進み、ペン売り場の前で立ち止まった。

猫沢文具店は正方形に近い形の店舗で、南側が出入り口、自宅に繋がる北側にレジカウンターがあり、その両脇の壁には天井まで繋がる棚が作り付けられている。そこにファイルやノート類などの大きめの商品を収め、中央に置いた二列の陳列棚にはペンなどの筆記具、はさみやカッター、のり、ホチキスといった細かな商品を並べている。

ペン売り場はレジから見て左側の陳列棚にある。ペンといってもその種類は多く、陳列棚の大半を占めている。女子高校生はノック式のボールペンの辺りで立ち止まり、ペンを物色し始めた。

「……」

ペンを買いに来た…のか？

文具店にペンを買いに来るのは全く不思議ではない行動に思われるが、問題は猫沢文具店の寂れ具合と女子高校生というミスマッチだ。駅前にはロフトも無印良品も百均もある。そっちの方が絶対入りやすいし、品も豊富で、安いだろう。

なのに、何故？

疑問でいっぱいの私をよそに、女子高校生はひとつのペンを選んで試し書きを始めた。ボールペン売り場の手前に段差がつけてあって、試し書き用のメモ帳が置かれている。彼女はそれに何か書いていた。

家に帰る途中で、ペンが切れているのを思い出したとか？　いやいや。ペンなんて今時何本か持っているものではないか。緊急を要する買い物じゃないから、別にここに入らなくたっていいのではないか？

店番とはいえ、経営側としてはあるまじき考えばかり浮かべてしまうのをやめられないでいたのだが。

「…！」

ピンポーンというチャイムの音に反応し、それとなく背けていた視線を出入り口の方へ向けると、女子高校生の背中が見えた。いつの間にか試し書きを終え、店を出ていこうとしていたのだ。

引き戸を開け、外に出て、後ろ手に閉める。その間、彼女は意識的に私と目を合わせないようにしている雰囲気がした。逃げるように。まさにそんな感じで去っていった。

「…なに？」

店に入ったけれど、欲しいものが見つからず、買い物をせずに帰るというのはよくあることだ。でも、猫沢文具店はふらりと立ち寄るような店じゃない。

間違えて入ってしまい、すぐに出ていくのもなんだから、ちょっと試し書きしてみた…とか？

いや、そもそも…。

「……！」

女子高校生についてあれこれ考えを巡らせていると、突然、スマホが鳴り始めた。電話というのは大抵の場合、突然鳴り始めるものだが、今し方起きた不思議な出来事で頭がいっぱいだったから、必要以上にどきりとしてしまった。

慌てて、カウンターの上に置いてあったスマホを見ると、「明澄」という名前が表示されていた。

「……」

明澄(あずみ)は姉の息子で、この四月に大学生になったばかりの甥(おい)だ。連絡を取り合ってはいるけれど、頻繁ではなく、大抵の連絡はメールだ。

電話というのは珍しく、だからこそ厭な予感がして、急いで電話に出た。

「どうした？　何かあったの？」

『…いや…』

噛みつくような勢いで聞く私に、明澄は戸惑った声で返す。自分でも勢いがよ過ぎた気はしたので、「ごめん」と謝る。

「あんたが電話してくるなんて珍しいから」

『だよね。僕の方こそ、驚かせてごめん。…今、いい？』

「うん。なに？」

『ちょっと…相談したいことがあって。会えないかな』

「……」

スマホの画面に浮かぶ名前を見た瞬間、悪い報せかとドキリとした。明澄の反応から凶報でなかったと分かり、ほっとしたばかりの心が、「相談」と聞いて再びきゅっとなる。

なんだろう…？

「いいけど…いつ？」

『二胡ちゃんって…仕事…』

「辞めた後、まだ就職してなくて、経堂のおばあちゃんの家にいる」

『あー…だったら、そっちに行ってもいいかな？』

「今から？」

『まずい？』

別に構わないのだが、急ぎの用なら電話の方がいいのではないか。会って話さなくてはならないほどの重要な用件とは？

　全く心当たりが浮かばず、不審に思いながらも大丈夫だと返す。明澄は「じゃ、行くね」と言って通話を切った。

「……」

　何だろう？　通話の切れたスマホを置き、色々考えてみたけれど、明澄が私に相談したいことというのは、さっぱり思いつかなかった。

　明澄に最後に会ったのは…お正月だ。お年玉を渡したくて連絡を取り、渋谷のファストフード店で落ち合った。受験を控えていたので、悲壮感たっぷりかと思いきや、いつもと変わらないのほほんとした顔付きで現れた。

　ハンバーガーを食べながら、受験勉強はぼちぼちで、志望校にもたぶん受かると話していた。その言葉通り、三月に合格したという報告をメールで受け取ったので、お祝いを電子マネーで贈った。マンションのこととか、母のこととかがあったりして、会って渡すという余裕がなかったのだ。

　四月の大学一年生なんて、あれこれ忙しいだろうに。わざわざ会って相談したいことって…？

いくら考えても思いつかず、女子高校生の謎はあっという間に記憶の片隅に追いやられた。

電話があってから一時間半くらい経った頃。店の来客を告げるチャイムがピンポーンと鳴った。客が来たのかと思って、出入り口の方を見ると、背の高い男が立っていた。明澄だ。

「二胡ちゃん」

私と目が合うと、にっこり笑って、後ろ手に引き戸を閉める。明澄は背が高い。百九十センチ近くあるはずで、細身で手足の長い明澄が狭い店の通路を歩いてくる様子は巨人兵を思わせた。

「久しぶりに店から入ったよ。こんなに狭かったっけ？」

「あんたが大きくなったのよ」

「そっか」

なるほど…と頷き、明澄は振り返って店の中を見回す。私は壁際にあった丸椅子を指さして、座るように勧めた。

「一応、七時まで店番することになってるから。ここでもいい？」

「うん。あ、お客さんとか…」

「大丈夫」

滅多に来ない…と言ってから、そういえば、謎の女子高校生が来たなと思い出す。だが、今は女子高校生よりも明澄の「相談」だ。

明澄は背負っていたディパックを下ろして床に置き、丸椅子を持ち上げた。私が座っている椅子の近くに置いて腰掛ける。

「ごめん。突然」

「どうした？」

「家を出ようと思って」

普段と変わらない、何でもないことのように言う明澄を、思わずじっと見つめた。

家を出る…というのは、別に驚くことではない。明澄も大学生だ。一人暮らしをしてみようと思い立ってもおかしくない。

ただ、それをどうして私にわざわざ言いに来たのか。その理由は探っておかなくてはいけないと思い、「そう」と相槌を打つ。

「あんたも大学生だし、いいんじゃない？　お姉ちゃんには言ったの？」

「ううん。話すつもりがないから、二胡ちゃんに伝えて貰おうと思って来たんだ」

「……」

おおう。そういうことか。親には言わずに出奔しようとしていると？

「喧嘩でもしたの？」

「喧嘩というか…。母さんが結婚するって話、聞いた？」

「えっ！」

明澄が確認してきた内容は、まったくの初耳で、大きな声を出してしまった。待って待って。いつの間にそんな話が？

ぶんぶんと頭を振り、聞いてないと伝える。

「いや…全然。お姉ちゃんとは…いつだったかな…先週…いや、先々週？　私がここに越してきてから、一回、報告の電話はしたけど、そんな話、全くしてなかったよ？」

「そっか。いつ決まったのかは知らないんだけど、僕は先週聞いて」

「……」

姉は明澄を未婚で生んでいる。それも大学生の時に。

当時、私は高校生で、まだ実家で暮らしていた。大学生になって家を出ていた姉が、妊娠して子供を生むので援助を頼みたいと戻ってきたのに、両親は仰天した。相手は誰かと問い詰めたが、姉は頑として口を開かず、未婚のまま明澄を生んだ。

どのような経緯があったとしても生まれてきた子供に罪はない。両親…特に母は明澄の面倒を懸命に見て、姉が大学に復学するのにも協力した。明澄は小学生になるくらいまで、実家で育てられていたけれど、姉と母の仲が拗(こじ)れてからは、疎遠になっていた。

だから、姉は大学生になる子供がいても婚姻歴はなく、何の問題もないはずだが、一番の問題は「誰と」結婚するか、だろう。

「…結婚する相手は…、聞いた？」

神妙な調子で尋ねた私に、明澄は「早野(はやの)さん」と感情のない声で答えた。

私は「やっぱり」という言葉を呑み込み、「そう」と返す。

「二胡ちゃんは…」

明澄は私を見て、何か言いかけたが、途中でやめてしまった。何でもないと首を振り、「それで」と話を戻す。

「僕は母さんがいない間に家を出ようと思ってるんだけど、心配するかもしれないから、その時は二胡ちゃんから説明してくれないかな」

「説明って」

「家を出るって言ってたよ…とか」

まあ、適当に。騒ぎにさえならなければいいよ。どうせさほど心配はしないと思う。ぼそぼそと続ける明澄の横顔をじっと見つめ、腕組みをする。

家を出たいという明澄の気持ちは理解出来る。私も大学進学と同時に一人暮らしを始めたし、反対する理由もない。

ただ…。

「説明するのはいいけど、それって、お姉ちゃんから仕送りとか貰わないつもりなんだよね？」

「うん」

「自分一人でどうやって生活するの？　まさか…大学、辞めるとか？」

「ううん。大学は行くよ。生活費は…頑張って稼ぐ」

「頑張ってって…」

「前からゲーム配信とかやってて、その収入とか入ってきてるんだ。受験も終わったし、そっちを頑張ったらもうちょっと稼げるかなって」

なんと。ゲーム配信をやっていたなんて、初めて聞いた。今時な収入源に感心しつつ、詳しく聞いてみる。

これが他人なら、「そうなんだ。頑張ってね」って感じで済ませられるけれど、明澄はたった一人の甥だ。老婆心がバリバリに働いてしまう。

「ちなみにどれくらい稼ぐつもり？」

「変動はあると思うけど…十万くらいは」

「それって結構大変なんじゃない？」

「でも、メンバーシップとかライブ配信のスパチャとか…」

明澄はそれなりに考えているようで、あれこれ収入源について話してくれたが、配信とかの仕組みに詳しくない私には今ひとつよく分からなかった。

それでも、分かることはあって。

「分かった。あんたも色々考えてるんだろうけど、それって、今は実現してないんだよね？」

「…まあ…そうだね」

「だったら、引っ越し費用とかどうするの？　部屋を借りるにしてもお金がいるじゃない？」

「それはお年玉とか…貯めてたお金で払う」

貯金があるのでしばらくは大丈夫だと言う明澄を見ていたら、先月の母とのやりとりを思い出した。私にここで暮らせと言った母は、今の私のような気持ちだったのだろう。

大丈夫なの？　って思うよね。

「あのさ。家を出るのも一人暮らしするのも、反対じゃないんだよ。私も大学から一人暮らししてたし。だからこそ、言うんだけど…。私の場合、学費と家賃だけ払って貰って、他はバイトで稼いでたの。それでも大変だったよ」

「それは…覚悟してる」

「うん。でも『言うは易し』なんだよ。それに、お姉ちゃんに言わずに家を出るって、学費はどうするの？」

「…たぶん、一年の分はもう払ってくれてると思うから、二年からは自分で…」

「健康保険は？」

「健康保険って…なんだっけ？」

「病院行く時に、保険証、持って行くでしょう？」

「あー…うん。大丈夫。僕、あんまり病院行かないから」

「今まではね」

若いとはいえ、突然倒れる可能性はゼロじゃないんだよ。思わず、強く言ってしまいそうになったのを堪え、自分を過信することはよくないと伝えた。

私自身、なんとかなるだろうというほんわかとした考えで、母を呆れさせたばかりだ。

偉そうなことは言えないのだと、自分自身を律しながら、静かな調子を心がけて話をする。

「親ってさ、意外と助けてくれてるんだよ」

「それは…分かってるよ。有り難いとも思ってる」

でも…と続けたかったのだろうが、明澄は開きかけた口を閉じて、俯いてしまった。

背中を丸め、黙っている明澄の横顔には、子供の頃の面影が残っている。明澄は賢い子供で、大人を困らせるようなことを一切言わなかったし、しなかった。

私が知る限り、これは初めての「反抗」だ。

そして、その理由は…。姉の結婚相手について聞いた時、明澄が途中で言うのをやめた内容に、おおよその心当たりはあった。

頑張ってみなよと背中を押してやり、見守るという方法もある。けれど、私自身に余裕のない今の状況では難しい。私に出来るのは…。

「ここで一緒に暮らさない?」

「え?」

唐突に持ちかけられた提案に驚き、明澄は私を見た。私だって、明澄と同居するなんて考えたこともなかったし、自分自身の口から出てきた言葉に戸惑いがなかったわけじゃない。誰かを気遣える身の上じゃないというのも分かっている。

それでも、生まれたばかりの頃から知っている明澄を心配する気持ちは大きくて、不安定な状態で放り出すような真似は避けたかった。

「大学に通うのはちょっと不便かもしれないけど、家賃はいらないし、光熱費や食費といった生活にかかる経費は折半しよう。一人暮らしするつもりだったんだし、それくらい、大丈夫でしょ？」

「だと思うけど……」

「学費とか社会保険料とか…そういうのは、学生でいる間はお姉ちゃんに払わせておきなよ。お姉ちゃんの子供として生まれた権利だと思えばいいんだよ」

「……」

全てを拒絶したい衝動にかられる時ってあるものだ。世界に一人きりで立っているような気持ちになる時も。

でも、そういう時こそ、何かを頼った方がいい。「頼る」という考えが厭なら、「利用する」と置き換えてしまえばいい。

しばらく俯いて考えていた明澄は、「うん」と小さな声で返事した。

明澄が帰っていった後、すぐに姉に電話をした。仕事中の姉に電話は繋がらず、夜になって折り返し電話があった。

姉は用件の見当がついていたようで、私が話をする前に確認してきた。

『明澄から聞いた？』

「うん。早野さんと結婚するんだって？」

『ちょっと今忙しくて…GWになったら電話しようと思ってた』

大学の教員をしている姉にとって、新学期が始まったばかりの四月は繁忙期だ。私に連絡する余裕がなかったというのは理解出来て、ごめんと謝る姉に、それよりもと明澄の話を持ちかける。

「明澄が家を出ようとしてるって、知ってた？」

『知らなかったけど…そうか。あんたに保証人になって欲しいって頼んだの？』

そのつもりもあったのかもしれないけれど、その前に同居することで同意を得た。話を聞いて、なかなか厳しそうだったから、経堂の家での同居を勧めたと言う私に、姉は安堵したようだった。

『そう…。ありがとう。世話かけるね』

「あの子は手間のかからない子だし、いいんだけど…」

明澄と姉は仲良し親子ではなかったものの、関係が悪かったわけではなく、それなりにうまくやっていた。そもそも明澄には問題がない。健康で、素行も成績もよくて、大学生になる今まで、親を心配させるような事件を一切起こさなかった。

穏やかな性格で、争いを好まないタイプの明澄が、母を拒絶するに至った理由。

長い間、母一人子一人だった家族に、母の結婚相手が加わることへの戸惑いだとは考えられなかった。だとしたら、姉に言わずに家を出る…という反抗的な態度を取る必要はない。

自分も大学に進学したし、いい機会だから、別に暮らそう。単純にそう言えばいい話だ。

明澄が敢(あ)えて、拒絶を示しているのは。

「お姉ちゃん…」

電話で聞くべき話かどうか迷ったが、機会を逸してしまうような気がして、呼びかけたところ、「猫沢先生」と姉を呼ぶ声が背後で聞こえた。

『はい…今、行きます。ごめん、二胡。また連絡するわ。明澄のこと、よろしく』

「…うん。分かった」

じゃね…と短く言い、姉は通話を切る。明澄に話したの？　口に出せなかった問いかけを胸にしまい、もやもやした気持ちを消し去るために風呂にでも入ろうと思って、浴室へ向かった。

明澄に引っ越しの日取りを確認しなくては。手伝えることがあれば手を貸そう。その前に…と、本来の家主である母に連絡をした。迷った末に姉が結婚する話は伝えず、適当な嘘を織り交ぜて了解を取った。

「大学生になったし、一人暮らししたいって相談受けたんだけど。学校も忙しいみたいだから、慣れるまでここに住めばって勧めたらそうするって」

『そうなの。あの子も二胡と一緒なら心強いわよね』

たった一人の孫だけに、母は快く了承してくれてほっとした。そして、翌日。昼近くに起きて朝食兼昼食を食べながらメールでも打つかと、スマホに手を伸ばしかけたところ、家のチャイムが鳴った。

「…?」

宅配が来る予定はなく、誰だろうと不思議に思いながら玄関へ向かう。マンションのようなドアフォンがついていない古い家だから、玄関の引き戸を開けなくては誰が来たのかは分からない。

不便だし、物騒でもあるから、ドアフォンの設置工事を頼んだ方がいいな。相手を窺う為に引き手に指先をかけて細く開けると、「僕だよ」と言う明澄の声が聞こえた。

「…！」

驚いて思い切り引き戸を全開にすると、前に立っていた明澄がびっくりしてよろける。私の勢いが良過ぎただけでなく、持っている荷物が多すぎてバランスを崩したようだった。

「おっ…と」

すごい荷物だね…と言いかけて、はっとした。まさか。

「え…もしかして、引っ越し荷物？」

「うん。お世話になります」

う、うん。昨日の今日で引っ越してくる…しかも身一つで…とは思っていなかったので、戸惑いを隠せなかった。無言で頷く私を、明澄は心配そうな顔で見る。

「まずかった？」

「いや、そんなことはない。ただ、引っ越しの日取りを相談するメールを送ろうとしてたから…こんなに早くって驚いてるだけ」

玄関先でする話でもなくて、中へ入るように勧める。明澄は両手両肩に荷物が大量に入った袋を四つ持っていたのだが、背中にも大きなディパックを背負っていた。合計五つの荷物を玄関を入ってすぐの上がり框に置いて、自分の引っ越し荷物はこれだけだと言った。

「ベッドとか机もあったんだけど、運んでくるほどでもないかなって」

「そうだね。布団はあるから……」

明澄の持ち物は自分の部屋にあったものだけだろうから、荷物が少ないのは当然だ。荷物の中身は洋服などの衣類とパソコン、ゲーム機などだと言う。

私自身も当面の着替えや身の回りの品をスーツケースに詰めて持ち込んだだけだ。引っ越しというほどのものではなかったのを思い出し、取り敢えず、希望を聞く。

「私は二階の部屋を使ってるんだけど、あんたはどうする？　一階の和室か、二階の六畳間」

「一階ってそこだよね？」

小学生になる頃まで、明澄はここで育っているので、家の構造はよく分かっている。玄関から入ってすぐの、左手に見える襖を指す明澄に頷き、中を見るように勧めた。

母が寝起きに使っていた八畳間には小さな鏡台が置かれているだけだ。鏡台が邪魔なら二階の空き部屋にあげていいよと言うと、明澄は頷いた。

「ここにするよ。玄関も近いし」

「そうだね」

二階だと私と動線が被り、気を遣うかもしれない。早速、上がり框に置いた荷物を運び入れ、押し入れを開けて使ってもいい布団を教えた。

「こっちのカバーがかかってる方はお母さんが使ってたものだと思うから……この下にある、客用の布団を使って」

「分かった。布団ってさ、修学旅行の旅館でしか使ったことないんだけど、起きたら畳んでここへしまうの？」

「どっちでもいいよ。好きなようにして」

寝起きする部屋も飲食する部屋も全て同じである場合は、しまった方が部屋の使い勝手がいいのだろうが、居間や台所は別にある。この部屋に関しては好きに使ってくればいいと言ってから、共同スペースについてはルールを決めようと提案した。

「食事や洗濯は各自で担当する。共同スペースの掃除は交代制にしよう。相手のことを考えて、普段から出来るだけ汚さないように意識すること。帰りが遅くなる場合は連絡を入れること。あとは…実際、暮らしてみてから付け加えていこうか」

「そうだね」

明澄は頷き、「よろしくお願いします」と言って頭を下げた。私もつられて頭を下げる。

一緒に暮らさないかと持ちかけたのは私の方だけど、こうして現実になってみると、大丈夫かなという不安が生まれる。これもジェットコースターの続きなんだろうか。

　下がってるのか、上がってるのか。どちらなのかは分からないけれど。


　大学に進学すると同時に実家を出て、三十歳で徹さんと結婚するまで、十年以上一人で暮らしていた。徹さんと出会うまで、私は死ぬまで一人だろうと思っていた。人付き合いが苦手というわけでもないのだが、恋愛に関しては億劫だと思う気持ちがどうしても拭えなかった。無理をして似合わないことをするよりも、一人で生きていく覚悟を持つ方が、私には楽だった。

　だから、出会ってすぐに徹さんから結婚を前提にしたお付き合いを…と求められた時もすぐに断ったし、諦めない徹さんを面倒に思ったりした。それなのに半年で結婚したのだから、私は本当に徹さんを好きになっていたのだと思う。

「……」

　徹さんの声が聞こえたような気がして目を覚ますと、古い電灯が見えて、夢だったのだと分かった。私が実家にいた頃から変わっていない、丸いわっかの電球が大小二ついている電灯からは紐が垂れている。

一人暮らししていた部屋にも、徹さんと暮らしたマンションにも、こんな電灯はなかった。起きてすぐに目に入る電灯が居場所を示してくれるので助かっている。

起き上がって時計を見ると、九時を過ぎていた。今の私に課せられているのは店番だけで、それも午後からなので時間は十分にある。なのに、会社員だった頃の習慣が抜けなくて、寝過ごしたという罪悪感を拭えないまま、着替えて一階へ下りた。

「……」

そこでようやく、明澄のことを思い出した。居間にも台所にもその姿はなく、部屋にいるのだろうかと思って、確認しに行きかけてやめた。もう大学生なのだし、構われるのも鬱陶しいだろう。

自分のことだけしようと決め、冷蔵庫を開けて、朝食の支度を始める。その途中、何気なくスマホを見ると、明澄からメッセージが入っていた。

講義があるので出かけます。夕方までに戻ります。

「……」

やはり手間のかからない子だと改めて感心する。トーストした食パンとコーヒー、ヨーグルトという簡単な食事を終えて、先に家事をすませておこうと思い、風呂掃除に向かったら既に済んでいた。

明澄が出かける前に掃除していったのか、昨夜は私の後に入ったはずだから、その時に終わらせておいたのか。有り難く思い、洗濯をしながら掃除機をかけた。

ざっと家事を済ませた後、買い物に出かけ、明澄がいるのを考慮して食材を買い込んだ。短い間だったけれど、二人暮らしをした経験が役に立った。徹さんを念頭に置いて、簡単に食べられるインスタント食品も幾つか購入しておいた。

午後からは店を開け、暇つぶし用のあれこれを持ち込んで、レジ裏の椅子に腰を据えた。パソコンを開くと、長田さんからメールが入っていた。

「…へえ…」

一昨日、来てくれた時に話していたＷｅｂマガジン用の原稿依頼の件だった。お試しのようなものなので、題材は料理に関することならなんでも自由というざっくばらんさで、締め切りと文字数だけ指定されている。

原稿料は長田さんが言っていたように微々たるものだったが、店番をしながら出来そうな仕事だったので、有り難い。早速、何を書こうかと考えながら、相変わらず客の来ない店で座り続けていると。

三時を過ぎたところでチャイムが鳴った。

「……」

珍しく客が来たのかと、顔を上げて出入り口の方を見た私は、目を見開いた。あの制服は。一昨日見た女子高校生だ。

どうして？　何をしに来たのか？　一昨日も女子高校生が来るような店じゃないのに……と疑問に思ったけれど、再びやって来たとなると、疑問が二倍にも三倍にもなる。

怪訝(けげん)な表情を浮かべて見る私を、女子高校生は敢(あ)えて見ないようにしている節があった。一昨日はしっかり目が合ったのに、今日は視線を俯(うつむ)かせているだけでなく、それとなく顔も背けている。

なんか…怪しい。そう思ってから、はっとした。

「……」

寂れた文具店にどうして女子高校生が？という疑問が先に立ち、確認していなかったけれど、もしかして…万引きしに来たのではないだろうか。

ぼんやりしている女の店番だからいけると判断され、もう一度来たのでは？　確かに、私はなんで？と不思議がるばかりで、万引きなどの犯罪の疑いを抱かず、彼女が帰った後も商品の数を確認したりしなかった。

あんな若い子が欲しがる商品を置いていないから…という先入観もあった。しかし、万引きというのは常習性があり、癖のように繰り返す人間もいるらしい。欲しい商品があるけどお金がないから盗む…という理屈ではなしに、スリルを味わうために万引きするのだ。

まさか…この子も？　陳列棚の間の通路を通り、女子高校生は一昨日と同じくペン売り場の前で立ち止まった。先日はペンの試し書きをしていたが、私の見えないところでペンを盗んでいたのでは？

目の前で万引きされていたとは思いたくなくて、女子高校生の一挙手一投足を見逃すまいと、じっと見つめる。彼女はおもむろに試し書き用のメモ帳を手にすると、ぺらぺらめくり始めた。

そして。

「……」

窺うような素振りでちらりとレジの方を見た女子高校生は、私がガン見していることに気づいて、びくんと震えた。手にしていたメモ帳を投げるように置き、慌てて背を向け、出入り口へ向かう。

「……」

待って…と言いかけ、口を閉じた。呼び止めてどうするのか。一昨日、万引きしたのかと確認することなど、とても出来ない。何の証拠もないし、つい今し方、抱いたばかりの疑惑だ。

戸惑う私から逃げるようにして、女子高校生は出入り口の引き戸を慌ただしく開け閉めして出ていった。

あの反応は…。やましいことがあるからだとしか思えない。やっぱり、万引きされていたんだろうか。

椅子から立ち上がり、ペン売り場に近付く。この前…彼女が試し書きしていたペンは…とあたりを確認していると、来客用のチャイムが鳴った。

「…！」

まさか、女子高校生が戻ってきたとか？　驚いて出入り口を見ると。

「ただいま」

明澄が立っていた。目を丸くしている私の顔を見て、「どうしたの？」と不思議そうに聞く。

「いや…うん、お帰り」

手短に説明するのは難しい内容だ。取り敢えず、お帰りと伝え、どうして店から入ってきたのかと尋ねる。私に用がないのなら自宅側の玄関から入るはずだ。

明澄は「ごめん」と詫びてから、気になったのだと続ける。

「女子高校生が出てくるのを見かけて。なんか慌てた感じで走っていったから何かあったのかなって」

「……」

明澄が見かけたのはあの子に違いない。面倒で説明を省いた経緯を伝えるしかなくなった。

一昨日店に来た時に不思議に思ったけれど、今日も来たので、理由が気になっている。そんな話をすると、明澄は首を傾げた。

「女子高校生が入るような店じゃないでしょ？　他に店がないわけでもないんだし」

「そうだね。さっき、走っていったのは…」

「私と目が合ったら急いで出ていったのよ。もしかしたら、万引きとかされてたのかなって…確かめようとしたところで」

明澄が帰ってきたのだと話す。明澄は微かに表情を厳しくして、実際はどうなのかと尋ねた。

「すぐには分からないのよね。この前はペンを使って試し書きしてて…ペンは数が多すぎて、どれかが盗られてたとしても、在庫数と照らし合わせてみないと分からないし。それに在庫数がちゃんとしてるかどうかは…」

母がどこまで厳密に管理していたかはわからない。個人事業主として確定申告をしているのだから、在庫数は正確でなくてはいけないのだが、商品数が多いだけに怪しくはある。

今のところ、疑いをかけているものの、犯行現場を見たわけでもないので、証拠はないという状況だ。

私の話を聞いた明澄は「そうか」と頷き、ペン売り場の前に置かれている試し書き用のメモ帳に触れた。B6の大きさのメモ帳を半分に切り、角に穴を開けて紐を通して、陳列棚本体に結びつけてあるものだ。

「試し書きしてたって、これに？」

「そう」

明澄に頷きながら、そういえば、さっき来た時もそれをめくっていたなと思い出す。また試し書きしようとしていたのだろうか。

「あ」

何気なくメモ帳をめくっていた明澄は、途中で動きをとめて声を上げた。なんだろうと思う私に、「見て」と声をかける。

「…？」

試し書き用のメモ帳はかなり年季の入ったもので、隅がめくれてカールしており、表紙もぼろぼろになっていた。試し書きというと、大抵はくるくるとした曲線や波線、ひらがなや名前などだけど、明澄が開いて見せたページには試し書きとは思えないメモ書きが残されていた。

「なに、これ」

アルファベットが並んでいる。fruwb hljkw。小さくて角張った文字だ。どういう意味なんだろう。

「こんな単語…あったっけ？　英語じゃないのかな？」

「うーん…ていうより、暗号なのでは？」

「暗号？」

適当に並べた感じのしないアルファベットは、知らない言語なのかと思った私に、明澄は違う可能性を指摘した。暗号って…。

「たぶん、シーザー暗号じゃないかな」

「シーザー…？」

書かれているアルファベットはシーザー暗号ではないかと明澄は言うが、私にはさっぱり分からなかった。暗号なんてスパイかクイズくらいでしか使わないのではないか。怪訝な表情で首を傾げる私に、明澄は逆に驚いたようだった。

「え？　知らない？　数学の授業でやらなかった？」

「そんな昔のこと、覚えてない」

数学なんて言われても、もう十五年以上前の話だ。それに私は文系で、理系の明澄とは土俵が違う。

全く知らないと首を振る私に、明澄は現在使われている暗号の基礎みたいなものだと教えてくれた。

「シーザーって…カエサルのことなんだけど」

「カエサルって…古代ローマの？『賽(さい)は投げられた』の人だよね」

「そうそう。それは知ってるんだね？」

安堵(あんど)したみたいな表情が、ちょっとバカにされているように感じ、むっとする。明澄は私の表情に気づき、「ごめん」と謝った。

「いいよ。あんたの方がずっと賢いのは確かだもん。それよりどうしてカエサルが出てくるの？」

「カエサルが伝令手段として使っていたといわれている換字式暗号なんだよ。元々の文…平文(ひらぶん)っていうんだけど、それを他の文字や文字列、記号、数字列なんかで置き換えるもので、今の暗号技術も大体はこれが基本だよ」

「今のって…暗号なんか使う？　スパイとか？」

「何言ってんの。通信技術全般で使われてるよ」

「……」

そうなんだ。スパイとか思ってた自分を反省し、「じゃあ」と話を変える。

「これがその暗号だとしたら意味があるってこと？」

「そうだね。…うーん…ああ、単純かも」

しばらく文字列を眺めていた明澄は、ポケットに入れていたスマホを取り出した。

「たぶん三文字シフトさせてるだけだから…」

ぶつぶつ呟きながら、メモ出来るアプリを開き、フリック入力でアルファベットを打ち込んでいく。若いだけあってフリック入力がとても速い。パパパと打ち込んだ文字を「これ」と言って見せてくれた。

画面にあったのは「c o r t y　e i g h t」という文字列だった。

「…復号するとこうなる」

「どうしてこうなるの？」

「書かれているアルファベットを三文字ずつずらしただけだよ。aならd、bならeっていう決まりで暗号化されているなら、f r u w b　h l j k wだから、fはcでrはoって…復号していくと、c o r t y　e i g h tになる」

なるほど。三文字シフトというのはそういう意味だったのか…と納得がいったけれど、同時に気味が悪くなった。

理屈は分かっても、私にはこんなに速くは出来ない。アルファベットを全部書き出してみて、一文字ずつずらしていく作業が必要だ。明澄はスマホを使ったが、そこにアルファベットを並べて確認したわけではなく、解読した文字列を直接打ち込んでいた。

「……」

「なに、その目」

奇妙なものを見る目を向ける私に、明澄は困惑を浮かべる。だって。

「頭の中でアルファベットをずらして打ち込んだんだよね？」

「うん」

「そんなこと、普通、出来ないよ」

「そうかな。僕の友達はみんな出来ると思うよ？」

文系と理系の格差を実感しつつ、明澄が解読した暗号をもう一度見る。ｃｏｒｔｙｅｉｇｈｔ。コルティといえば。

「ｃｏｒｔｙって駅にあるあれかな」

「無印とか入ってるとこだよね？」

コルティは駅前にある商業施設で、飲食店やスーパー、雑貨店や本屋など、生活に便利な店がたくさん入っている。「ｅｉｇｈｔ」が数字の八を意味しているのだとしたら。

「コルティに八時…って意味？」

私が言うのに頷きつつも、明澄はすっきりしていないようだった。私も同じだ。謎のメモ書きを暗号ではないかと考え、解読してみたらなんとなく意味のある言葉になったものの、謎が解けたわけじゃない。

解けたどころか、更なる疑問が生まれてしまった。

「…だとして、なんで？」

「だよね」

私は「なんで？」としか言わなかったけど、明澄には十分通じていた。「コルティに八時」という意味だとしたら、待ち合わせを示すメッセージなのだと考えられる。

だが、それを何故わざわざ暗号にして、寂れかけた文具店の、試し書き用のメモ帳に書くのか？

「普通にメールとかすればよくない？」

「…復号の仕方が間違ってるのかな」

真っ当な指摘を口にすると、明澄は不安になったようで、腕組みをして考え始めた。他の解読方法を探そうとする明澄には悪いが、私は考え過ぎ説を推したかった。復号した文字列が意味を成しているように見えるのは単なる偶然なのではないか。

暗号なんてそうそう使うもんじゃない。意味なく書かれたアルファベットという可能性の方が高い気がする。

けど、試し書きのメモ帳に他にも何か書かれていたら、それと比較出来るのではないかという考えが浮かび、ページをめくっていたところ。

「…あ」

さっきとは違うページに、同じようなアルファベットの文字列が書き込まれていた。小さくて角張ったこの文字は、同じ人物が書いたものに違いない。

「これ…！」

新たに見つけた文字列は「ｖｗｄｕｅｘｆｎｖ　ｉｒｘｕ」。私が見せた文字列を確認した明澄は、再度スマホを取り出し同じやり方で復号する。

すると。

画面に現れたのは「ｓｔａｒｂｕｃｋｓ　ｆｏｕｒ」というアルファベットだった。

「ｓｔａｒｂｕｃｋｓ　ｆｏｕｒ…スターバックスフォー…スタバに四時…？」

「だね」

　またしても、場所と時刻を表していると思われる文字列に変換出来てしまった。考え過ぎ説が却下される証拠が見つかるとは…。

「復号が間違ってるのかと思ったけど、二つ目も同じようなメッセージってことは、当ってるみたいだね」

「うん。でも…」

　暗号は解けたとしても、謎は解明していない。誰が誰に向けて書いたメッセージなのか。何故、こんな回りくどい真似をしなくてはならなかったのか。

　その辺は全く分からないね…と言う私に、明澄は頷いて「それに」と付け加えた。

「さっきの…走り去っていった女子高校生の謎も解けてないね」

「そうだったわ…。まさか…あの子が書いたわけじゃ…ないよね？　と言おうとした私の前で、試し書きのメモ帳をめくっていた明澄は「あ」と声を上げた。まさかまた？　驚いて覗き込んだメモ帳には、またしてもアルファベットが並んでいた。

「このメモ帳は上から順番に使われているようだから、単純に考えると、下に行くほど時系列が新しいってことになるね。この下には何も書かれていないから、これが最新のメッセージで、試し書きとしても一番新しいもの、ってことになる」

「……」

明澄の話を聞いて、一昨日、試し書きをしていた女子高校生の姿が頭に浮かぶ。明澄が見つけたアルファベットは、前二つと同じ人間の手によるものだと思われる文字だった。

「今度はなんて書いてあるの？」

またしても場所と時刻なのかと思ったが、最新だと思われる文字列は前二つの暗号よりもずっと短かった。書かれていた「ｚｋｂ」を同じやり方で復号すると。

「ｗｈｙだね」

「なぜ…？」

いやいや。何故って聞きたいのはこっちの方だ。何故、なんてどうして書き込んだのか？

「これ…あの子が書いたのかな」

「うーん…でも、一番新しいものだと思われる、ってだけで証拠はないから。違うページに書くことも出来るわけだし」

「そうだよね」

そうなのだ。試し書きをしているのは確認したが、何を何処に書いていたのかは分かっていない。

色々考えてみても謎は解明出来ず、私と明澄にはもやもやした思いが残ったのだった。

しかし、翌日になって、かの女子高校生は再び現れた。

逃げるように出ていったことからも、二度と来ないだろうと思っていただけに、すごく驚いた。午後四時前、店のチャイムが鳴って、「まさか」という思いで出入り口を見ると、女子高校生が立っていた。

彼女は昨日と同じく、私と目を合わせないように視線を俯かせて通路を歩き、ペン売り場の前で立ち止まった。もしも彼女が万引きをしていたとしたら、再び来るはずがなくて、絶対、何か他に理由があると確信した。

どうしようと悩み、スマホを摑んだ。明澄は昼過ぎに帰ってきていたので、自室にいるはずだ。メールで女子高校生が来たと伝えると、明澄は返信するよりも先に店までやって来た。

「二胡ちゃん」と呼ぶ小さな声が聞こえて振り返れば、自宅に通じる引き戸を細く開けて、明澄が覗いていた。女子高校生の様子を気遣いながら立ち上がり、引き戸の近くへ歩み寄る。

「ほら」

「本当だ」

「なんだと思う？」

「二胡ちゃん、聞いてみてよ」

「私よりあんたの方がいいんじゃない？　歳も近いし」

「僕、女の子と喋ったことないから」

「えっ」

まさかの返しに驚き、声を上げる。それと同時くらいに、明澄も「あ」と言った。

その時、私は明澄と話すために店へ背を向けていた。だから、女子高校生の様子が分からなかったのだけど、明澄からは見えていたようだ。

私が店の方を振り返るよりも先に、引き戸を開けた明澄が「それは」と言いながら、店の中へ歩み出ていた。

「いけないと思います」

明澄は背が高いから脚も長い。勢いよく踏み出した明澄は、あっという間に店の中央辺りにいて、女子高校生をとめていた。

女子高校生は試し書き用のメモ帳を持ったまま、突然現れた明澄を見上げ、硬直している。

その表情には怯(おび)えが浮かんでいて、私は慌てて彼女のそばへ駆けつけた。

「驚かせてごめんなさい。明澄？」

明澄が何をとめようとしたのか分かっておらず、確かめるような口調で呼びかける。明澄は一歩後ろへ下がってから、事情を説明した。

「彼女がメモ帳を破ろうとしたから」

「そうなの？」

確認する私に、女子高校生は俯いたまま、返事をしなかった。彼女が手にしているメモ帳を渡して貰(もら)おうと手を差し出すと、震える声で「ごめんなさい」と謝った。

そして、メモ帳を置き、踵(きびす)を返して店を出ていこうとする。今度こそ「待って」と声をかけようとした私より早く、明澄が問いかけた。

「あの暗号を書いたのはあなたですか？」

女の子と話したことがないと言っていたわりには、はっきりした口調だ。はっきりしすぎていて尋問しているみたいなのが多少気になるが、ストレートに聞いてしまった方が手っ取り早い。

反射的に振り返った女子高校生の顔は強張(こわば)っていた。その表情だけで、暗号を書いたのは彼女だと分かる。でなければ、なんのことかと聞き返すだろう。

明澄は返事をしない女子高校生に、自分の推理を説明した。

「このメモ帳はペンの試し書き用のもので、中には色んな試し書きが書かれてます。線とかひらがな、名前なんかが多いんですが、アルファベットが並んだ文字列が幾つかあったんです。文字列と言ったのは、一見すると意味が分からなかったからです。たとえばapple ならばりんごだと分かりますよね。でも、fruwb hljkwというのは意味を成しているように思えません」

無言で話を聞いていた女子高校生は、fruwb hljkwというアルファベットを聞いた途端、視線を揺らした。明らかに動揺しており、可哀想な気もしたけれど、彼女が暗号を書いた理由は知りたい。

明澄は相手の反応を気にせず、とうとうと話を続ける。

「ですが、これは単純な暗号なんです。きっとあなたはシーザー暗号を知ってると思いますが、換字式の法則にそって、三文字シフトすればcorty eightとなり、恐らく『コルティに八時』というメッセージだと推測されます。というのも、その後のページに書かれているvwduexfnv irxuという文字列を同じやり方で復号するとstarbucks fourとなり、『スタバに四時』と理解出来ることから、fruw ｂｈｌｊｋｗについての鍵の捉え方は間違っていないと判断出来るんです。ただ、これを誰がどういう目的で書いたのかは分かりませんでした」

そこまで言うと、明澄は私の横から手を伸ばして試し書き用のメモ帳を持った。メモ帳には紐がついているので、手元に引き寄せることは出来ない。その場でパラパラめくり、あるページでとめる。

それは女子高校生が破りかけていたページで、半分ちぎれているのを、彼女に見えるように示した。

「さっき、あなたが破ろうとしたのはこのページですよね？　理由は分かりませんが、このページを必要としているということは、筆跡から、一連の暗号を書いたのはあなただと判断出来るのですが」

明澄の開いているページには昨日、最後に見つけた「ｚｋｂ」というアルファベットがあった。私は彼女が試し書きをしているのを目撃したけれど、何処に何を書いたのかは分からなかった。

けれど、「ｚｋｂ」のページを破ろうとしたということは、それを書いたのは女子高校生で、同じ筆跡で書かれている他の暗号も女子高校生によるものだろうと、明澄は指摘したのだが、否定されてしまえばそれまでだ。

偶然で、理由はない。そんな開き直りを恐れていたものの、女子高校生は無言で突っ立ったままでいた。

彼女が反応してくれないと、私も明澄もどうしようもない。取り敢えず、試し書き用に置いているものだとしても、備品を破かれるのは店として困るのだと話した。

「試し書き用のものですし、何を書いて貰っても構わないんです。でも、破かれるのはちょっと…」

「すみませんでした」

「あの暗号はあなたが？」

私が改めて問いかけると、女子高校生はぎこちなく頷いた。その顔は俯いたままだったが、今にも泣きそうな表情をしているのだと窺い知れる。

何か事情があったのだろうし、悪いことをしたわけじゃない。気にはなるけど、このまま帰してあげたいと思いかけた私に対し、「知りたい」という欲求に忠実な明澄は淡々と質問を続ける。

「誰かとの待ち合わせに使っていたんですか？」

「…はい」

「どうしてこんな回りくどい真似を？　ＳＮＳとかの方が簡単じゃないですか」

「受験で…スマホを使えなかったので」

小さな声で答えた女子高校生は、「私…」と自分の事情を打ち明けた。

「中受を失敗してて…高校は絶対に失敗出来なかったんです。連絡取ってたのは小学校の時の友達で、一緒に中受して、その子は受かったんですけど、私だけ落ちちゃって。別の中学に通うようになっても、学校帰りとか…塾の帰りとかに会ってたんですが、三年になって思うような成績が取れなくて…スマホやめようと決めて。それで…」

「試し書きで待ち合わせ場所をやりとりすることに？」

そうだったのかと思いながら確認すると、女子高校生は硬い顔付きで頷く。

「この店は…お互いの家の中間くらいにあって…小学校の時に何度か来たことがありました。古い店だからお客さんもいないし…ごめんなさい…試し書き用のメモ帳も取り替えられたりしないからいいかなって…。会った時に今度はいつに書くねと約束しておいて…、私が暗号を書きに来て、友達が確認しに来て、会ってたんです」

「どうして暗号にしてたんですか？」

「小学校の時に一緒に通ってた塾の先生に教えて貰ってから、二人の間で一時流行ってたんです。お店のメモ帳とか、誰かに見られる可能性もあるし、暗号にした方がいいんじゃないかなって…、どっちが言い出したかは忘れたんですけど…」

大した意味はなかったと言う彼女の声はどんどん小さくなっていった。その後、「もうしないと約束します」と消え入るようなボリュームで言って、女子高校生は深々と頭を下げた。

実際に被害などを受けたわけじゃない。申し訳なさそうに萎縮している姿を見ると、居心地の悪い気分になって逆に謝りたくなる。

「いや…あの…、特に迷惑を被ったわけじゃないので…、ただ気になって…。ね、明澄」

「うん」

「こっちこそ、個人的な話をさせてごめんなさい」

大したことじゃないのに責めるような真似をして、申し訳なかった。悪かったと詫びる私に、女子高校生は「いえ」と言って、もう一度頭を下げた。

背を向けて店を出ていく彼女にそれ以上かける言葉はなく、引き戸が閉まって明澄と二人になると、自然と溜め息が漏れる。

「なんか、悪いことしたね」

「何が？」

泣きそうだった彼女の顔を思い出し、罪悪感を口にした私に、明澄は不思議そうに尋ねる。その顔は本当に分かってなさそうだったので、説明しても無駄だろうと判断し、「なんでもない」と首を振った。

「女の子と喋ったことがないと言ってたくせに堂々と話せてたじゃない」

「なんか、勢いで。大丈夫だった？」

「取り調べしてる刑事みたいだったけど、あんたが聞いてくれたおかげで謎が解けてすっきりしたわ」

「えっ」

よかったと思いながら「すっきり」と口にした私に対し、明澄は声を上げて驚く。何に驚かれたのか分からなかったのだけど、すっきりはしていないと続けた明澄の話は納得出来るものだった。

「あの子の話で分かったのは、暗号を書いた理由と相手だけで、肝心なことは分からなかったじゃないか」

「肝心なことって？」

「あの子が友達と待ち合わせるために暗号を書いていたのは受験でスマホが使えなかったからだよね。今は四月で受験も終わってる。なのに、何故（なぜ）、あの子はここに来たのか」

「……」

「それに最後に書いたメッセージの意味も分かってないよ。zkb…why…これを言葉通りにとるなら、あの子は友達に向けて『何故？』って問いかけてることになる。更にそのページを破ろうとした…。昨日もページを破ろうとして達成出来なかったから今日も来たんだと思う」

その行動の意味は？ 明澄は真面目な顔で分からないと首を傾げていたが、私はなんとなく察しがついて、肩で息を吐いた。

「まあ、いいじゃないの。もうしないって言ってたんだし。呼び出したりして悪かったわね」

「二胡ちゃんは気にならないの？」

「ん？ 私はもう十分かな」

万引きとかされていたなら問題だけど、試し書き用のメモ帳を利用されたくらいのことで、騒ぎたてる必要はない。この話は終わりね…と言う私に、明澄は釈然としない顔付きながらも頷いた。

全てを知らなくていいことってある。女子高校生の説明には矛盾や疑問もあったけれど、これといった迷惑を被ったわけじゃないし、そっとしておくべきだ。

　午後七時まで店番を続け、シャッターを閉めて戸締まりをして、自宅の方へ戻った。居間に明澄の姿はなく、台所に立って夕飯の支度に取りかかる。

　パスタにでもするかと思い、食材を取り出していると、明澄が現れた。

「二胡ちゃん。あとで鏡台を二階へあげるのを手伝ってくれないかな」

「いいよ。やっぱ邪魔だよね」

「机を置きたいなと思って」

　パソコン用の作業机を買うつもりだと聞き、つい老婆心が働き、お金は大丈夫なのかと聞いてしまう。

「うん。駅の近くにリサイクルショップがあって、よさそうなものが五百円で売ってたから」

「五百円?」

「椅子の方が高かった。千二百円」

　椅子はちょっと悩んでて他を当たろうと思ってる…と続けるのを聞き、何万もする新品を考えていた自分を反省した。今の子はこういう節約が本当に上手だ。今の子、なんて言い方そのものが「今」から外れてしまった証拠かもしれない。

「パスタ作るけど、一緒に食べる?」

手伝いを申し出る明澄にパスタを量るように指示し、私は玉葱とベーコンを切り、にんにくを刻んだ。明澄はお得な業務用パスタをスケールで量る準備をして、何グラムにするのかと聞いてくる。

「普通は何グラム？」

「私は八十グラムくらいでいい」

「百とかじゃない？　ただ、パスタしか作らないから、お腹空くようならもう少し増やした方がいいかも」

「じゃ百二十にしてみよう」

合計二百グラムのパスタを用意し、鍋を探し始めた明澄に、その必要はないと伝えた。

「え？　パスタって茹でるんじゃないの？」

「鍋、洗いたくないからフライパンでやる」

可能な限り洗い物を少なくしたいのだと言うと、明澄は目を丸くした。ものぐさだと思われようが、相手は明澄なのだからノープロブレムだ。

実家のいいところは長年母が溜め込んだ調理器具がたんまりあることだ。フライパンだって大小深浅選び放題だ。

「うん。手伝うよ」

二人分なので大きめのフライパンを選び、オリーブオイルを熱してにんにくを入れる。香りが立ったら玉葱とベーコンを加え、さっと炒めてから、明澄が量ったパスタを半分に折って入れた。

「折るの？」

驚く明澄に頷き、トマト缶と水、塩を入れる。沸騰したら火を弱め、蓋をしてタイマーをかけた。

「パスタって茹でた麺に温めたソースかける感じなんだと思ってた」

「それでもいいんだけど…これでも美味しく出来るから」

レンジで茹でることも出来るし、簡単な調理法は他にもある…と話しながら、皿を取り出す。フォークやグラスをキッチンカウンターの向こう側にあるダイニングテーブルへ運び、冷蔵庫からパルメザンチーズを取り出す。

しばらくしてタイマーが鳴ると、蓋を外し、火を強めて水分を飛ばせば出来上がり。皿に盛りつけてパルメザンチーズをたっぷり振りかけ、ダイニングテーブルへ置くと、明澄が「美味しそう」と声を上げた。

「味変はタバスコで」

ビールと一緒に運んだタバスコをテーブルの真ん中に置いて、向かい合わせに座る。明澄は早速、手を合わせて「いただきます」と言い、フォークを手にして食べ始めた。

「美味しい！　お店のパスタみたいだよ、二胡ちゃん」

「そこまでのものじゃ…」

ない…と言いかけて、姉が全く料理をしないタイプなのを思い出す。明澄は本気で言っている可能性が高い。苦笑して、ビールを飲み、パスタを食べる。それなりに美味しいけど、野菜とタンパク質が足りないな。

長く一人暮らしを続けていくための課題は多くあるが、その中でも食事の栄養バランスは重要だ。その上、今の私は節約もしなくてはならず、なかなか難しい。

「サラダとか、あった方がよかったね」

「そう？　僕、野菜はあまり食べないから、これだけでいいよ」

「いや…」

食事は大事だと言おうとして、徹さんも偏食だったのを思い出した。私と結婚した時の徹さんは四十歳で、長年続けた一人暮らしで好きなものしか食べないという習慣がつき、偏った食生活を送っていた。

私も大して気をつけているわけではなかったが、二人で暮らすようになって、全面的に見直した。徹さんにも健康的な食事をして欲しくて、栄養バランスに気をつけてとロうるさく言っていたのだけど。

徹さんの病気が分かって、余命を考えなくてはいけないような状態だと知ってから、すごく後悔した。こんなことになるんだったら、好きなものを食べて貰っていた方がよかったんじゃないか。

あっという間に弱ってしまい、満足な食事が取れなくなった徹さんに「ごめんなさい」と謝った。私がうるさく言わなかったら、好きなものが食べられていたのに。

謝る私に、徹さんは「ちょっと何言ってるか分からないな」と首を傾げておどけてみせた。

俺のことを考えて二胡さんがしてくれた全てのことに感謝してるから…。

「…二胡ちゃん」

「…!」

ぼんやりしていた私は、明澄の声で現実に引き戻される。はっとして明澄を見ると、「聞こえない？」と確認される。

「え？」

「なんか、鳴き声」

鳴き声？　明澄の声さえ届いていなかった耳には、何も聞こえていなかった。向かい側にいる明澄は「ほら」と言って居間の窓の方を見ていた。

何のことか分からず、怪訝に思っていると。

「ナア」

明澄の言う通り、何かの鳴き声らしき音が聞こえた。二人で顔を見合わせ、同時に椅子から立ち上がる。窓から覗こうとする明澄に、勝手口から見た方が早いと言い、キッチンカウンターを回って台所の左奥へ向かった。

ガスレンジの左手側に片開きのドアがあり、そこから家を囲む犬走りに下りられる。北側に建つ隣家との境界であるフェンスとの間を埋める犬走りの幅は五十センチ強ほどで、ゴミ箱が幾つかと、掃除道具などが置いてある。

ドアの施錠を開けて押し開き、外を覗く。何か…動物がいるのかと、身を屈めて下の方を覗いてみると、勝手口から続く二段ほどのステップの先に。

「猫?」

「……」

黒っぽい縞柄の猫がちんまりと行儀良く座っていた。

二

長田さんから連絡があった待ち合わせ時刻は午後二時で、久しぶりに電車に乗って都心へ向かった。実家に越してからは無職なこともあって、家の周辺をぐるぐるするだけの生活を送っている。先立つものがない、という事情もある。

現在の長田さんの勤務先である出版社を訪ねたのは、先日原稿を頼まれたＷｅｂマガジンの担当編集者と会う為だった。メールでやりとりはしていたが、顔を合わせるのは初めてだ。かつては編集者としてライターに会う機会は頻繁にあったけれど、立場が逆になるとは思ってもいなかった。

初めての経験ではからずも緊張した打ち合わせを終えると、長田さんと共に外へ出てカフェに入った。二人になるとリラックス出来て、思わず「ふう」と息を吐いた私を、長田さんは見逃さなかった。

「猫沢、緊張してたじゃないの」

「しますよ。依頼するのは慣れてますけど」

「よかったじゃん。連載だよ。連載。長く続けて書籍化しよう！」

長田さんから話を貰ったWebマガジン用に書いた記事の評判が思いのほかよくて、連載をしてみないかという話に繋がった。原稿が溜まれば書籍化も出来ると、書籍担当の長田さんは大変乗り気だった。

「猫沢の文章はさ、読みやすいし、視点もいいし、前から向いてるんじゃないかと思ってたのよ」

「褒め殺しですか…？」

「まさか」

本気で言ってるんだよ…と真面目な顔で言う長田さんに苦笑し、「ありがとうございます」と礼を言う。

都心のカフェは天井が高く、雰囲気も洗練されている。会社に通っていた頃は当たり前に見ていた街の景色がなんだか新鮮に見えるのは、毎日、薄暗い店でぼんやりしているせいに違いない。

「そういえば、マンションの方はどうなってるの？」

「進展はないんですが、検見川さんから連絡があって代理人になってくれると言うのでお任せることにしました」

「検見川って…」

聞き覚えはあるけれど、誰の名前だったか、長田さんはすぐに思い出せないようだった。無理もない。検見川さんは徹さんの友人で、長田さんは数回会ったことがある程度の相手だ。

「徹さんの友達で…弁護士の」

「ああ！　あのインテリ眼鏡」

「そんな呼び方をしてたんですか…」

長田さんはひとにあだ名をつけがちな人で、思いがけない呼び方をしていたりする。確かに、検見川さんは「インテリ」で「眼鏡」だけれども。

検見川さんから電話があったのは、GWの少し前だった。ちょうどその頃、マンションの耐震偽装で住民と業者が揉めているという記事がWebに出た。検見川さんはそれが私の住んでいる…住んでいた…マンションだと気づき、連絡をくれたのだ。

「よかったね。心強いじゃない」

「そうなんです。契約とか交渉とか…私の手には負えないなと思っていたので。助かりました」

捨てる神あれば拾う神ありといったところだ。地獄にも仏はいるらしい。少し気が楽になったと言う私に、長田さんは続けて尋ねた。

「甥っ子の方はどう？」

「明澄ですか？　どうって…普通に…大学行ってますよ」

長田さんに明澄と同居することになったと伝えた時、理由を聞かれたが、姉の結婚には触れず一人暮らしがしたいというので…とだけ答えた。長田さんは明澄が子供の頃から面識があるので、大学生になったというのが感慨深いようだった。

「あの子がもう大学なんてね。でも、一人暮らしじゃなくてよかったの？　おばさんと一緒なんて」

「家賃、ただですから。親元を離れたいだけだったのでは？」

「そういう年頃かー」

なんとなくごまかすような話をして、納得する長田さんに「ですね」と相槌を打ち、コーヒーを飲む。経費だと思って、お高めのコーヒーを頼んでみたら、普段飲んでいるのは色水だなと嘆きたくなるほど、香りが高くて美味しかった。

原稿料が入ったら、ちょっと贅沢なコーヒーでも買ってみようか。なんて考えていたら、長田さんに聞こうと思って忘れていたことを思い出した。

「そうだ。長田さん、猫飼ってましたよね？　カカシ」

「元気だよー。見る？　最近の写真」

いそいそとスマホを操作して写真を出す長田さんに「結構です」と遠慮する。長田さんの飼い猫カカシには、長田さんの家で何度も会っている…というか、見かけているといった方がいいかもしれない…のでよく知っている。カカシの写真が見たいわけじゃないと断って、質問を切り出した。

「猫って、何食べるんですか？」

「えっ。猫沢、猫飼うの？　猫沢、猫を飼う…って、なんか語呂よくない？」

ウキウキした顔で同意を求める長田さんに冷めた目を向け、いいえと否定して、首を横に振る。

「飼うつもりは全くないんですが、うちの勝手口に猫が来るようになりまして」

「さくらねこちゃん？」

「さくらねこ？　そういう種類の猫がいるんですか？」

聞いたことはないが、品種の名前なんだろうか。トイプードルとかダックスフントとか、そういう。

問い返した私に、長田さんは違うと言って、さくらねこの説明をしてくれた。

「野良猫を捕獲して不妊手術してから、耳をカットして戻すっていう活動があってね。そういう猫ちゃんをさくらねこちゃんって呼ぶんだよ。…ほら。こんな風に耳の先をカットして…桜みたいでしょ」

長田さんが見せてくれたスマホに映っている猫は、耳の先が切れていた。野良猫が無闇に繁殖するのを防ぐための活動だという。そうなのかと頷き、うちに来る猫の姿を思い出してみたが、耳がカットされていた覚えはない。

「違うと思います。足が短くて…なんていうのかな。黒…いや、灰色…いや、焦げ茶でもないし…しまっぽくもないけどしまみたいなまだらな感じの…」

「足が短いってのは分からないけど、もしかして…こういうの?」

再び、見せられたスマホにはうちに来る猫と同じような模様の猫がいた。模様だけでなく、顔も似ている気がする。大きく頷く私に、長田さんがキジトラという模様なのだと教えてくれた。

「キジトラは野良猫で一番多い柄だから…これがサバトラでね。こっちはサビで、茶トラでしょ。トビに…」

「もういいです。それで、やっぱりキャットフード的なものなんですか?」

最初は何を食べるのかと聞いたのだ。話をもどしてみると長田さんは「そうだね」と頷いた。

「うちの子にはドライとウェットを半々くらいであげてるけど…その猫にあげるつもり？」

「お腹空いてるのかなと思って。最初に来た時に鰹節なら食べるかなと思ってあげてみたら食べたので、それからいつも鰹節をあげてるんですが、物足りなそうなんです」

「ふうん…」

人間が食べるものでもいいならあげてみようかなと思ったのだが。キャットフードはうちにないから買いにいかなくてはいけないだろうか。

どこに売っているのかと続けて聞こうとした私に、長田さんは。

「あのさ」

「何ですか？」

「猫沢は…気にするタイプじゃないから、言っても大丈夫かなと思うんだけど」

「ええ。言って下さい」

「自分で飼うつもりがないなら餌をあげるのはどうかな？　何か貰えるから期待して来るわけだし。その子がよその飼い猫ならいいけど、本当の野良ちゃんなら、猫が嫌いな人にとっては迷惑になるから」

長田さんの意見は目から鱗（うろこ）が落ちるようなもので、はっとした。そうか。

「そういうものですか」

「そういうものなんだよ」

そうですか…と繰り返し、腕組みをして考え込む。

聞こえてきた鳴き声の主を捜して勝手口のドアを開けたところ、猫がいた。逃げることもなく座っている猫を見て、明澄が餌をあげてみようと言い出した。何を食べるのか分からなかったけれど、鰹節なら食べそうだなと考えて、器に出して置いてみた。

猫はがっついて食べ、なくなると走り去った。次の日も鳴き声が聞こえたので、鰹節をあげた。それから毎日のようにやって来ている。

お行儀よく座っている姿や、鰹節を懸命に食べる様子が可愛（かわい）くて、ついあげてしまっていたけれど、無責任な行動だと言われればぐうの音も出ない。

「確かに…そうですね。自粛します」

「野良ちゃんなら飼えば？」

神妙に答えた私に、長田さんは驚くような提案をする。猫を飼う？

「まさか」

「……」

絶対無理だ。猫を飼うなんて。無職だとか借りぐらしだとか、そういうこと以前に、動物を飼うという選択肢が私にはない。

猫沢なんて名字なのに、亡くなった父は猫が大嫌いだった。いや、もしかすると名字のせいだったのかもしれない。私もこの名字のせいで子供の頃はからかわれたし、大人になってからも初対面の相手に名乗る度、ネタにされた。

まあ、それはコミュニケーションのとっかかりとして悪くない面もあったのだけど、現実的な問題として、猫という字は書きにくい。バランスの取りにくいけものへんを憎んでいた私は、結婚して名字が変わって喜んだ。…のもつかの間、猫沢に逆戻りしてしまったわけで。

それはともかく、父の影響で子供の頃から猫だけでなく、他の動物も飼ったことがないせいで、大人になった今も、自分が動物を飼うなんて想像がつかないのだ。

真面目な顔で首を振る私に、長田さんは。

「けど、餌をあげたのは、興味があるからじゃないの？」

と、指摘した。いや、それは。

「私だけならあげなかったと思います」

「甥っ子か」

猫を見た途端、明澄の挙動は明らかに怪しくなった。

なんで猫？　どうしたのかな？　お腹空いてるのかな？　何かあげたら食べるかな？　猫って何食べるのかな？　お腹空いてるんじゃないかな？　何かあげてみた方がよくない？

鰹節をあげてみて、猫がそれを食べると明澄は大喜びした。食べた！　食べたよ、二胡ちゃん！

私と同じく、猫沢という名字のせいで色々あったと思うのに、明澄は猫が好きなようなのだ。子供みたいに喜んで、猫を見つめていた…。

「甥っ子は飼いたいんじゃないの？」

「どうなんでしょうか」

長田さんの指摘に首を捻って、頬杖をつく。このところ明澄が猫が来るのを待っているのは確かだ。店を閉めて自宅へ戻ると、勝手口を開けて外を見ていたりする。

けれど、明澄は「飼いたい」とは言わない。居候であるという理由から遠慮しているというよりも、明澄も動物を飼った経験がないから、考えが及ばないのだろう。

「とうとう猫沢が猫飼いになるのかあ」

「飼いませんよ」

にやりと笑う長田さんにきっぱり否定し、それよりも…と考えた。恐らく、今夜も明澄は猫に鰹節をあげるためにそわそわするだろう。落ち込ませることを言わなきゃならないのは気が重かった。

長田さんと別れ、地下鉄と小田急を乗り継いで経堂駅に着いたのは、四時近くになった頃だった。家に帰る前にオオゼキに寄っていこうか…いや、冷蔵庫にあるもので何とかなるか。冷蔵庫には何が残っていたっけ？

改札を出たところで右に行くか、左に行くか悩み、一度立ち止まったところで、何気なく見た方向に明澄の背中を見つけ、頬が緩んだ。

駅を利用する乗客が増え始める時間帯だから、高架下は改札口を出入りする人々でごった返している。結構な人混みの中に知っている姿を見つけられたのが妙に嬉しかった。家に帰れば会えるんだけど。

声をかけて一緒に帰ろう。そう思って、近付いていくと明澄が一人でないのに気がついた。隣を歩いている相手に話しかけている。紺色のあの制服は、ソフィア女学院の…。

「…！」

もしかして…いや、もしかしなくても、この前の子だ。ちらりと見えた横顔からも、店に来て試し書きしていたあの女子高校生に間違いないと確信する。

どうして明澄があの子と並んで歩いているのか、経緯が分からずに怪訝な思いで背後から二人の様子を観察した。

何を話しているのかは分からないが、どちらかが一方的に話している感じではない。女子高校生が話すと、明澄も受け答えをしている。女の子と喋ったことがないとか言っていたくせに。ちゃんと出来ているではないか。

店で見た時も背の高い子だなと思ったけど、背の高い明澄の隣に並んでも遜色ないから、百七十近くあるのかもしれない。細くて背が高くて…よく似た感じの二人はお似合いのカップルみたいに見える。

一体、何を話しているんだろう。あの二人に共通の話題が？ もしや、先日の件について問い質しているのではないだろうな…と恐れたけれど、垣間見える女子高校生の表情は先日とは違って穏やかなものだった。彼女の顔付きから判断するに、違う話をしているのだと思われる。

あの時は…泣きそうな顔で帰っていった。可哀想なことをしたと反省していたが、元気そうでよかった。

と、勝手にほっとした時だ。明澄がふいに振り返った。

「…！　二胡ちゃん！」

私と目が合った明澄はほっとしたような笑みを浮かべて手を上げた。ほっとするってことは、実は会話に困っていたんだろうかと思いながら、二人に近付いた。

私がそばへ行くと、女子高校生は先に「こんにちは」と挨拶した。

「こんにちは。駅で会ったの？」

女子高校生に挨拶を返し、明澄に尋ねる。明澄は頷き、色々教えて貰ったのだと言った。

「教えて貰うって…何を？」

「小田急の乗り方」

乗り方って…。上りは新宿方面、下りは本厚木とか向ヶ丘遊園方面ってことくらい、分かっていればいいんじゃないの？　教えて貰うほど、乗り方にバリエーションがあるとは思えず、怪訝な表情になる私に、明澄は高校まで地下鉄しか利用しておらず、私鉄の仕組みがよく分かっていなかったのだと言う。

「おばあちゃん家に来る時は母さんが一緒だったから、ついてくるだけだったし。急行とか準急とか乗っちゃいけないのかなと思って、いつも各駅停車っていうのに乗ってたんだ」

「そうなの？　いや、アプリとか使えば」

「私もそう言ったんです」

呆れた顔で指摘する私に、女子高校生も同調する。だよね？

「今まで必要性を感じてなかったんだよね。これからはそうするよ」

のほほんと明澄は笑って言うけど、通勤とか通学って一分一秒を争う闘いであるから、可能な限り最適化するものじゃない？　呑気すぎる明澄に驚いていると、女子高校生が「じゃあ」と切り出した。

「私はここで失礼します」

「あ、うん、気をつけて」

「ありがとう」

礼を言う明澄に笑って頷いた女子高校生は小さく頭を下げ、道を折れて足早に去っていく。同じ方角に帰るのだけど、私が現れたので気を遣った感じがした。

観察なんてせずに、見て見ぬ振りで道を変えた方がよかったのかも。いい感じで話をしていた二人の姿を思い出し、邪魔しちゃったなと反省する。

「あの子、なんていうの？」

「知らない」

「え。名前、聞かなかったの？」

「うん」

親しげに話していたし、てっきり名乗りあったのだと思っていた。だが、ちょっとした会話に名前なんか必要ないのも確かで、「そうか」と頷く。

女子高校生が続けて店に現れた時、試し書きのメモ帳に書かれていた暗号について、明澄は疑問が残っていると話していた。その話をしている雰囲気はしなかったけど、私が二人を見つける以前に話が終わっていたということもあり得る。

あの件は聞いたのかと尋ねると、明澄は「あの件？」と繰り返した。

「暗号の」

「ああ…。ううん。聞かなかった。二胡ちゃん、もう終わりだって言っただろ」

確かに、この話はもう終わりにしよう的なことを言った。明澄がそれを覚えていて、自分の好奇心を抑えたのだとしたらよかった。たぶん、あの子にとっては気持ちが重くなる思い出だろうから。

店の近くに住んでいるのだろう女子高校生と、駅で偶然出会（でくわ）すという可能性はなきにしもあらずだった。会話を交わすきっかけはなんだったのだろう。明澄から話しかけたとは思いがたい。

「向こうから声をかけてきたの？」

「うん。コンビニで」

コンビニってことは電車が同じだったというわけではなかったのか。電車内でばったり…的な話を想像していた私に、明澄はデイパックから意外なものを取り出して見せた。

「これを…買おうとしてたら、声をかけられたんだ」

明澄が「これ」と見せたものは、赤いパッケージの有名な猫のおやつだった。猫が何を食べるのかよく分かっていない私ですら、テレビのCMで見たことがあるから知っている。

明澄は猫を飼っている友達から、情報を得たのだという。

「昨日の夜、青山(あおやま)たちとチャットしてた時に猫の話になってさ。これ、猫なら絶対に喜ぶおやつなんだって」

「……」

「コンビニでも売ってるって言うから、帰りに寄ってみたら本当に売ってて。すごいね、コンビニって。味が幾つかあって、どれがいいのかなって悩んでたら、あの子が」

女子高校生は猫を飼っており、アドバイスをくれたのだと明澄は続けた。間違いないとお勧めされたのが「鶏ささみ味」なのだと言う顔は嬉しそうだった。

「あの子の家の猫もやっぱり好きなんだって。喜ぶかな？」

勝手口にやって来る猫にあげることを想像して、わくわくしている明澄を見ていたら、ものすごい重圧を感じた。長田さんから受けた注意を明澄に伝え、猫に何かをあげることをやめようと提案しなくてはと思っていたのに。

こんなに嬉しそうな明澄に…と憂えていた私の顔は、硬いものになっていたらしい。それに気づいた明澄が「どうしたの？」と聞いてくる。

なんでもない…と言ってしまえば、話す機会を逸して、猫が来る時間になってしまう。美味しいおやつを貰ったら、益々猫は通うようになるだろう。

先送りにするべきではないと判断し、長田さんから注意を受けたのだと話すことにした。

「さっきさ、長田さんに会ってきたんだけど」

「長田さんって…確か、二胡ちゃんの会社の先輩だった人？」

何度か会っている長田さんのことを明澄も覚えていて、「そう」と頷き、猫を飼っている長田さんに勝手口の猫の話をしたのだと続ける。

「鰹節の他にも何か食べるのかなと思って聞いてみたんだけど、あの子が野良で、飼うつもりがないなら餌をあげない方がいいって言われた」

「え…」

思わぬ方向に話が進んでいるのに気づき、明澄は顔色を変えた。さっきまで嬉しそうだった表情が硬くなっているのを見て、心が痛んだけれど、途中でやめるわけにはいかない。

「飼うつもりもないのに餌をあげるのは猫が嫌いな人たちにとっては迷惑になるんだって。確かに私もそういう話を聞いたことがあったのに、軽率だったよ」

「……」

「私もあんたも、あの猫を飼うことは出来ないじゃない？」

確認するように聞くと、明澄は声もなく頷いた。がっくり…という表現が似合うほどしゅんとして、手にしていた猫のおやつをディパックに仕舞う。

「そうだね…」

遅れて相槌を打った声は街の喧騒に消されてよく聞こえなかった。すっかり沈んでしまった明澄は口を開かなくなり、私も何も言えなくて、二人で沈黙したまま家を目指した。

気まずい思いのまま家に着き、玄関を開けて中へ入った。三和土で靴を脱ぎ、廊下に上がってすぐの和室へ入っていこうとする明澄を呼び止める。

「明澄」

動きを止めた明澄に、長田さんから指摘された疑問を向ける。甥っ子は飼いたいんじゃないの？　そう言われた時は、首を傾げたけれど。

「猫、飼いたいの？」

ストレートに聞いた私に、明澄は戸惑いを見せた。自分自身の気持ちを確かめているような沈黙が続いた後、「いや」と首を横に振る。

「飼うとか…は考えたことなかった。僕はずっとマンションに住んでたから、猫が家に来るとか…そんな経験がなくて、珍しかったんだと思う。あんなに近くで猫を見たのも初めてだったし…。可愛(かわい)いなって思って…。でも、飼うとかは…」

無理だと思う。自分に言い聞かせるような言葉に聞こえて、なんだかせつなくなった。私が無理だと思う気持ちと、明澄が無理だと思う気持ちは、重さが違う気がする。

子供の頃から何かと我慢を強いられてきた明澄には、叶(かな)える方法を探すよりも諦めるという習慣が身についている。

そう…と私が相槌を打つと、明澄は部屋に入り、静かに襖(ふすま)を閉めた。

二階に上がって服を着替えると、店に入ってシャッターを開けた。数時間、店を開けたところで、元々客の来ない店なんだから意味はないのかもしれないけれど、七時までは店にいるというのがルーティンになっている。

さびしそうだった明澄の顔が頭にこびりついていて、いつも以上にぼんやりしてしまった。連載の話を貰って、自分で大丈夫かなという不安と共に、認めて貰えて嬉しいという気持ちも大きかったのに。パソコンを開いたものの、指を動かす気になれないまま、閉店の七時を迎えた。

結局、お客さんは一人も来なくて、意味なかったなあと思いながら、シャッターを閉めた。自宅へ戻ると、居間の明かりは灯っておらず、明澄の姿はなかった。

「……」

このところ、猫は晩ご飯の時間を分かっているみたいに、私が店を閉めて台所に立つ七時過ぎぐらいに現れていた。明澄は猫に鰹節をあげるために居間で待機していて、「ナア」という鳴き声が聞こえるとすぐに勝手口に駆けつけていた。

猫が来ても餌をあげないようにしよう。私が持ちかけた方針を了承した明澄が、居間にいないのも当然で、小さく溜め息を吐いて明かりを点ける。

台所に立てば、ほどなくして猫の鳴き声が聞こえるかもしれない。心を鬼にして無視しなければ。可哀想だけど、お互いのためでもある。いや、お互いじゃないな。こっちが勝手に餌をあげてしまったのだ。

私が悪い。罪悪感を呑み込み、耐えなくては。

意を決して、冷蔵庫を開け、夕飯の支度を始める。猫の鳴き声が気になって、料理をする気になれず、千切りにしたキャベツとインスタントラーメンを煮込んで、卵を落とした。たっぷりのすりごまとラー油をかけて、一人、ラーメンを啜(すす)った。いつ猫の鳴き声が聞こえるかとドキドキしていたが、ラーメンを食べ終え、洗い物を済ませても何も聞こえなかった。

猫に餌をあげるのをやめようと私が明澄に伝えたその日以降、猫はぱったり現れなくなった。どこかで私たちの話を聞いていたのかもと疑いたくなるくらいのタイミングだった。そのおかげで、私は餌を求める猫の鳴き声を無視するという苦行から逃れられたが、明澄の態度がよそよそしく感じられるようになってしまった。元々、こんなものだったのかもしれない。自分の中にある明澄への罪悪感が、被害妄想チックな考えを抱かせているのではないか。

そう思いながら、一方で、衝動的に同居を持ちかけたことを後悔したりもした。私一人だったなら猫に何かあげるなんてしなかっただろうし、こんな後味の悪い思いを抱くこともなかった。明澄だって自分の好きなように、買ってきたおやつを猫に与えられただろう。

そもそも自分の人生に行き詰まって立て直そうとしている時期に、いくら甥だとはいえ、誰かを心配するなんて、おこがましい行動だったのではないか。

明澄と暮らし始めて、なんとなくうまくいっているような気がしていただけに、猫の一件で生まれた隙間風は、私に同居生活の難しさを痛感させた。

思い悩みながらすっきりしない日々を送り、一週間が過ぎた頃。久しぶりに髪を切りに行った帰り道、思いがけない場面に遭遇した。


店番もあるし、近くで新たに美容院を探そうかとも思ったが、通い慣れた店の方が色んな意味で楽だろうと考え、渋谷まで出かけた。余りにも色々あり過ぎて、美容院に行くのも半年以上ぶりだった。

どうしていたのかと心配してくれる担当の美容師に、引っ越したりしてバタバタしていたのだと言い訳しつつ、髪を切ってもらったらとてもすっきりした。

いい気分転換が出来てよかったと喜びながら、帰路に就いた。下北沢で小田急の準急に乗り換え、次駅で降りる。高架式のホームから続く階段を下り、改札口に向かおうとしたところで、構内の隅にいた人影が目に入った。

「……」

女子高校生が二人。違う制服を着ている。片方は…知っている。ソフィアのあの子だ。友達と話しているのかなと思い、そのままスルーしようとしたのだが、彼女の表情が硬いのが気になった。

同じ電車から降りてきた乗客に紛れ、それとなく二人の方へ近付き、物陰から様子を窺う。訳ありそうな雰囲気がしたので、見ないふりをした方がいいと思いつつも、前に店で見たのと同じ泣きそうな顔だったので、無視出来なかった。

最初は話でもしているのだろうと単純に思ったけれど、よくよく見れば雰囲気が重い。ずっと無言で向かい合っている。

私が乗ってきた電車の乗客がほとんどいなくなり、構内が静かになった頃、ソフィアじゃない方の子が、口を開いた。

「…話、しないなら、もういいかな？」

「……」

困惑と苛立ちの混じった言い方だった。ソフィアの子は切羽詰まった表情で、何か言おうとしたけれど、言葉が出てこないようだった。

推測するに、ソフィアの子の方が話があると呼び止めたけれど、何も言えないでいるらしい。相手の方は話がないのなら…と立ち去ろうとしているのだろう。

なんとなく…漠然とした勘で、暗号で連絡を取っていた相手なのではないかと思った。

同じ中学を受験した小学校の時の友達。中学受験に失敗し、高校受験は失敗出来ないからと、スマホを封印したのだと話していた。

二人が今、同じ学校に通っていないのは、制服を見れば分かる。そこに全ての答えがあると思い、泣きそうな顔をしているソフィアの子の前に歩み出た。

「あ、久しぶり！　この前はありがとうね！」

「…!?」

突然現れた私を、ソフィアの子は目を丸くして見る。ソフィアの子と話していた相手はたじろぎ、訝しげに私を見た。

私は彼女ににっこり笑いかけ、「お友達？」と尋ねる。

「……」

彼女は無言で顔を背け、改札へと駆けていった。ソフィアの子は彼女の背中に声をかけようとしたけれど、結局何も言えなかった。

改札を出ていった相手の姿が見えなくなると、私は「邪魔してごめんね」と隣に立つソフィアの子に謝った。二人の様子を覗き見していて、つい口を出してしまったとは言えず、神妙な面持ちでいる私に、ソフィアの子は「いえ」と言って息を吐いた。

「…いいんです…」

さっきの泣きそうな表情は消えたが、俯いた顔は暗い。私にはどうしようも出来ないけれど、もう少し一緒にいた方がいい気がした。

「この前、駅の近くに美味しい鯛焼き屋さんがあるって聞いたんだけど、知ってる？」

「…あ…はい」

「時間あったら連れてってくれない？　鯛焼き、食べたくて」

唐突な私の申し出に、ソフィアの子は戸惑いながらも頷き、一緒に鯛焼き屋へ行くことになった。改札を通り、北口の方へ出て高架下に続く道を歩いていくと、間もなくして行列が見えてきた。

「あそこです」

「並んでるんだ？」

「人気店なんです」

「そっか。ありがとう。お礼におごるから、少し待っててくれない？」

いえ、そんな…と遠慮する彼女を引き留め、一緒に列に並んだ。前には十人くらいいたけど、二人連れで並んでいる客が多いようで、さほど時間はかからないだろうと思えた。

そういえば、名前聞いてなかったね…と、話しかけた私に、彼女は「洞ヶ瀬です」と名乗る。

「とうがせ？　どう書くの？」

「洞穴の洞に…カタカナのケっぽいやつに、瀬はさんずいの…」

「珍しい名字だね。名前は？」

「詩です。ポエムの詩で、うたです」

詩ちゃん。素敵な名前だね…と呟いてから、自分も名乗る。

「私は猫沢二胡です」

「猫沢って…名字だったんですね！『猫沢文具店』って、店名なのかと思ってました。珍しくないですか？」

「うん、よく言われる」

珍しい名字あるあるのやりとりをしてるうちに、詩ちゃんの表情は少しやわらいでいた。よかったと安堵する私に、詩ちゃんは明澄について尋ねる。

「あの…男の人の方は…」

「ああ。明澄ね」

「弟さんですか？」

「ううん。甥」

事情があって、あそこで一緒に暮らしていると説明を付け加える。それで私と明澄が一緒に店にいた理由が分かって、詩ちゃんは大きく頷いた。

「だから……。前は年配の方が店にいて……」

「それは私の母で、明澄の祖母。ちょっと体調崩して療養中なの。なので、その間は私が」

店番をしているのだと話したところで、前の客が買い物を終えた。注文を聞かれ、私は定番のあんこ、詩ちゃんは日替わりのずんだあんを頼んだ。

店の外側にベンチがあり、座って食べられるようになっていたので、折角だから焼きたてを食べていこうと誘って並んで座った。

「たこ焼きも美味しそうだったな」

「美味しいですよ」

「日替わりもあるなんて、すごいね。今度は日替わりにしてみる」

頭から齧り（かじ）ついた焼きたての鯛焼きは、大きくはみ出している皮がさくさくで、あんこも美味しい。詩ちゃんもずんだあんが美味しいと、感動する。

「初めて食べたんですけど、美味しいです」

「カスタードも気になるわー」

私が実家にいた頃はなかったはずだけど、いつ出来たんだろう。詩ちゃんに聞いてみると、自分の小さい頃からずっとあるという答えが返ってくる。

「洞ヶ瀬さんはお母さんとかお父さんがこの辺りの出身なの？」

「違います。二人とも神奈川で…ここには私が保育園の頃に越して来ました。最初は賃貸だったんですけど、中学校の時に今のマンションを買って引っ越したんです。あの…猫沢さんは…」

「私も五歳の時に引っ越して来たの。高校を卒業するまであそこにいて、大学から一人暮らししてて…春に戻ってきた感じ」

そうなんですか…と相槌を打った詩ちゃんは、春と聞いて、思い出したことがあったようだった。店でのことを、改めて「すみませんでした」と詫びる。

「そんなに謝ってもらうほどのことじゃないよ。ただ…私たちが勝手に見つけて解読とかして騒いだだけで…かえってごめんね」

「いえ…」

「…もしかして、さっきの子？」

聞いてもいいかどうか悩むところだったけど、気になっていたからつい口にしてしまった。詩ちゃんが表情を硬くするのを見て、慌てて謝る。

「ごめん…不躾だったね」

「いえ。…そうです…」

謝る私に首を振った後、一呼吸置いて、詩ちゃんは認めた。暗号でやりとりしていた相手。小学校からの友達で、一緒に中学受験をしたというのが、あの子だったのか。

店で話を聞いた時になんとなく察した不穏な空気が、さっき目にした二人のやりとりからも感じられた。詩ちゃんが最後に書いた暗号を思い出していると、隣から小さな声が聞こえた。

「直接…謝りたくて…。思い切って声をかけてみたんですけど……何も言えなくなっちゃって…」

詩ちゃんと暗号の相手の仲が破綻しているのは、予想していた。その理由もさっき二人が違う制服を着ているのを見て、理解した。

私からは何も聞くまいと思って、鯛焼きを囓る。詩ちゃんは鯛焼きを持った手を脚の上に置き、「私…」と小さな声で話し出した。

「裏切っちゃったんです…。一緒の高校に行こうって約束して、受験勉強頑張ってって応援してくれてたのに…」

恐らく、詩ちゃんは必死になって勉強しているうちに、想定よりも成績が上がってしまったのだろう。それで目標だった学校よりもランクが上のソフィアも一緒に受験したら、合格した。

力試しのつもりだったのかもしれないが、受かったのならソフィアに行きたいという気持ちが生まれるのは当然だ。ソフィアの高等部は外部受験の枠が狭く、相当優秀でないと受からないと聞いたことがある。

詩ちゃんがソフィアを選んだのも仕方のない話だ。そう思うけれど、二人の関係性を深くは知らない私は、友達なら頑張った詩ちゃんがソフィアに行くことを喜ぶべきなのにね…とは言えなかった。

それに、一度拗れた関係が戻ることは少ないと、大人だから知っている。

「ソフィアに行くことにしたって話してから、スマホで連絡取れなくなっちゃって…怒ってるのは当然だから、私には何も言えないと思ってたんですけど。この前、駅で偶然会って…挨拶だけでもしようとしたら無視されて…。なんか…しんどくて、お店に寄って…あんなこと、書いちゃったんです」

「…ええと…ｚｋｂだっけ？」

試し書きのメモ帳に書かれていた文字を思い出して確認する私に、詩ちゃんは頷く。ｚｋｂ…復号するとｗｈｙになると明澄は言っていた。

why…どうして？　あれは詩ちゃんにとっては口に出来ない訴えだったのか。

「でも…余計なこと、書いちゃったなって後悔して…。もしも見られたら厭だと思って、消しに行ったんですけど…」

一度目は万引きを疑った私にじっと見られて諦め、二度目はページを破ろうとしたのを明澄にとめられた。なるほど…と納得し、鯛焼きを齧る。もぐもぐと咀嚼して飲み込んでから、あのメモ帳は店先から下げたと伝えた。

「古かったし、新しいものに替えておいたから。大丈夫だよ」

万が一、あの子が店に来たとしても、詩ちゃんが最後に書いた暗号を目にすることはない。安心するように言う私に、詩ちゃんは「ありがとうございます」とか細い声で礼を言った。

今はしんどいかもしれないけれど、大人になったら、そんなこともあったなあとほろ苦く思えるようになるよ。

年上ぶって、そんな言葉をかけてみようとしたけれど、悩んでやめた。今を辛く思っている詩ちゃんにとって、慰めになるとは思えない。

鯛焼きの尾っぽの部分まで食べ終えてしまうと、可愛いイラストの描かれている包み紙を見つめた。美味しかったな。いい店を教えて貰えてよかった。

「美味しかったー。今度は明澄を誘って来てみるね」

「あ…はい。是非」

俯いて考え込んでいた詩ちゃんは、私の声にはっとし、顔を上げた。私の鯛焼きがなくなっているのに気づき、慌てて、自分の鯛焼きを食べ始める。急がなくていいよと笑って言い、明澄に親切にしてくれてありがとうと礼を伝えた。

「女の子とあまり話したことないはずだから、ぶっきらぼうだったりしたらごめんね」

店で詩ちゃんに話しかけていた明澄の口調はお世辞にも優しいとは言えないものだった。気にしないで欲しいと言う私に、詩ちゃんはとんでもないと首を振った。

「全然、そんなことないです。あの時は…コンビニで見かけて、声をかけちゃったのは私の方で…」

「そうだ。猫を飼ってるんだよね？」

明澄からも、話をしたきっかけは猫のおやつだったと聞いた。私の問いかけに詩ちゃんは頷き、猫の話をしてくれる。

「うち、お母さんが猫大好きで、今の子はお母さんが保護猫の活動してる友達から譲って貰った猫なんですけど、今、五歳で…写真、見ますか？」

長田さんもだけど、猫を飼っている人は自分の猫の写真を撮っているんだなと感心しつつ、詩ちゃんに写真を見せて貰った。スマホの画面には茶色よりも黄色に近い、縞模様の猫が写っていた。この前、長田さんに教えて貰った「茶トラ」という模様のようだ。

「こむぎ、っていうんです」

「可愛いね。男の子？」

「はい」

詩ちゃんは片手でスマホを操作し、こむぎくんの写真を何枚も見せてくれた。こむぎくんを見ていたら、うちの勝手口に来ていた猫を思い出した。比べて見たわけではないが、あの子はこむぎくんよりも小さかった気がする。

「あの…甥っ子さんは家に猫が来るようになって、おやつをあげてみようと思うって話してらしたんですけど、あげましたか？」

勝手口の猫を思い出していた私は、詩ちゃんに聞かれてどきりとした。猫のおやつを買ってきたと喜んでいた明澄を、がっかりさせてしまったのは私だ。

神妙な顔付きで、詩ちゃんも一緒に選んでくれたおやつが役に立たなかった経緯を説明すると、詩ちゃんは表情を曇らせて「そうですね」と相槌を打った。

「確かに…野良猫を餌付けしないようにって…言われたりしますよね…」

「ね…」

人口の多い都会では、守らなくてはいけないルールが幾つもある。周囲への気遣いはやはり必要で、出来るだけ迷惑をかけない行動を心がけようというつもりもある。

ただ、ちょっと寂しい。仕方ないと分かってはいるのだけど。

「飼われたりは…しないんですか？」

長田さんと同じことを言う詩ちゃんに、つい笑ってしまった。流れがまったく同じで、猫を飼っている人たちの不文律のすごさを思い知る。

詩ちゃんは私が笑った意味が分からないようで、困った顔になる。慌てて、「ごめんね」と謝った。

「私に餌をあげない方がいいって注意した人も猫を飼ってて、飼うつもりはないのかって聞かれたの。だから、猫が好きな人は皆、同じこと言うんだなって」

「分かります。やっぱり外で暮らしてるのって大変だし…これから雨も多いし、暑くなるし…。猫にはしあわせでいて欲しいって思うので」

そうだよね。私もそうは思うんだけど。

「でも…私も明澄も、あそこでずっと暮らしていくわけじゃないから、難しいんだよね」

「そうなんですか…」

借りぐらしなのだと聞いた詩ちゃんは頷き、鯛焼きを食べた。人間の事情を曲げてまで猫を…と言ったりはしない詩ちゃんは、明澄と同じで物わかりのいい子なのだろう。

私は手に持っていた包み紙を小さく畳み、掌に置いて握りしめる。捨てるところはあるかなと周囲を見回すと、さっきまで続いていた行列が途切れているのに気がついた。

「……」

美味しかったから明澄を誘ってまた来よう。さっき、そんな考えが自然と出てきたのは、一緒に暮らしている明澄を気遣う思いがあるからだ。猫の件以来、明澄とはすれ違いのような状況が続いている。怒っているわけじゃないと分かっているし、ぎこちなさを解消するきっかけがないだけだ。

鯛焼きをそのきっかけに出来ないかな。そう思って、立ち上がる。

「お持ち帰り用に買ってくるね」

店の窓口であんことカスタードを一枚ずつ…と言ってから、やっぱり日替わりも食べてみたいなと思って追加した。購入した鯛焼きを持ってベンチへ戻ると、詩ちゃんが鯛焼きを食べ終わっていたので、一緒に帰路に就いた。

「ごめんね。時間、取っちゃって」

「いえ。こちらこそ、ごちそうさまでした」

詩ちゃんの自宅はうちよりも南側にあるというので、店の前で別れを告げて、私は角を曲がって自宅側の玄関から家に入った。三和土（たたき）に置かれている明澄の靴が目につく。帰ってきているのならちょうどいいと思い、上がり框（かまち）からすぐの和室の前で声をかけた。

「明澄。いる？　鯛焼き食べない？」

返事はない。たぶんヘッドフォンだなと思い、スマホでメッセージを打つ。送信すると間もなくして、室内から物音が聞こえ、明澄が勢いよく襖（ふすま）を開けた。

「…ごめん、二胡ちゃん。ヘッドフォンしてて、聞こえなかった」

慌てて出てきた明澄の顔を見て、わけもなく安堵（あんど）した。早く声をかければよかったかな。でも、ある程度の時間も、必要だったかもしれない。

「鯛焼き、買ってきたの。焼きたての方が美味しいかと思って。台所に置いておくから食べて。三種類あるから好きなの、食べていいよ」

「ありがとう…」

邪魔してごめん、と謝って、台所へ向かう。鯛焼きの入った包みを置き、二階に上がって着替えをすませて下りてくると、明澄が台所でコーヒーを入れていた。

「二胡ちゃんも食べる？」

「ううん。私は食べてきたから、あとで食べる」

「何処（どこ）で買ってきたの？」

「駅の向こうで…人気店なんだって。行列が出来てたよ。美味しかったから買ってきた」

誰と行ったと思う？　意味ありげな笑みを浮かべて聞くと、明澄はしばし考え、「試し書きのあの子？」と口にした。

どうして分かったんだろう？　驚く私に、明澄は。

「駅近くで会いそうな共通の知り合いは他にいないから」

と、当然至極の顔で答える。確かに、そうだね。思わせぶりな聞き方なんかするんじゃなかったと反省しつつ、彼女の名前を教えてあげた。

「洞ヶ瀬詩ちゃんっていうんだって」

「とうがせうた…珍しい名前だね」

頷いて同意し、まだ時間があるので店を開けてくると言い、立ち去りかけたところ。

「二胡ちゃん」と呼び止められた。

「…ごめん」

「何が？」

「なんか…機嫌悪くしてて」

すれ違っているのを気にはしていたけど、明澄の機嫌が悪いとは感じていなかった。そうだったのか…と思い、なんて返せばと戸惑う私に、明澄は「ありがとう」と続ける。

今度はお礼？　なんで？

「話しかけてくれて…助かった。どうしようか悩んでて…お母さんだと、僕から謝るまで無視されるから…」

「えっ」

そんなこと、するの？　お姉ちゃんって。…と驚いてから、そういえばと思い出した。

確かにそういうところある。あの人には。

思い当たる節のある妹の私は、「そっか」と頷き、取り敢（あ）えず、鯛焼きを食べるように勧めた。

「美味しいよ」

「うん」

店番してくると言い残し、明澄を台所に置いて店へ向かった。

どんなに気の合う人間だって、誰かと暮らすのには面倒が伴う。徹さんとの暮らしだって、喧嘩（けんか）やトラブルはなかったけれど、ちょっとした戸惑いや行き違いはあった。生涯を一緒に過ごすと信じて、自分の中での最大限の思いやりを持って接すると決めた相手でも、だ。

一人の方が圧倒的に楽だ。だから、ずっと一人だったし、年々、新たな関係を繋（つな）ぐことに慎重になっていっていた。

けれど、面倒だからと避けていたら、その先にある何かは得られないんじゃないか。襖を開けた時の明澄の顔を思い出しながら、暗い店の明かりを点けた。


徹さんは賢くて、先を見通せる人だった。私が知る限り、感情的に行動したことは一度もなかった。

徹さんだったら、あの猫をどうしただろう。猫を見つけても気軽に餌をあげるような真似はしなかっただろうか。

薄暗い店内で起ち上げたパソコンの画面を見つめながら、ぼんやり考えていると、店のチャイムが鳴った。チャイムよりも先に引き戸が開く音が聞こえるのだが、ぼうっとしていたせいで気づいていなかった。

息を呑んで顔を上げる。出入り口の方を窺い見ると、自分と同じ歳くらいの女性が立っていた。客は滅多に来ないけれど、全く来ないわけじゃない。そのほとんどは近隣の住人で、母と顔見知りだった昔からの常連客だ。

女性はそういう常連客ではないと、容姿を見ただけで判断出来た。オフホワイトのニットに、スモーキーグレイのパンツ。腕にセリーヌの鞄を提げた格好は、ちょっと文具店に買い物に来たという雰囲気はしない。

そんな推測を裏付けるように、女性客は少し怪訝そうな表情を浮かべて、店内を見回した。どこにどういう商品があるのか、確認している様子から、一見の客だと分かるのだが。

詩ちゃんと同じくらい、寂れた文具店が似合わない客だ。肩につくボブの髪はつややかで、控えめな化粧やネイルから、セレブな匂いがする。あのタイプの女性が偶然立ち寄る店じゃない。

まさか、また試し書き？　いやいや、ないない。内心でセルフ突っ込みを入れていると、店の通路を真っ直ぐ進んで来た女性客が、ペン売り場の前で立ち止まるのが見えた。

「……」

え…と思い、まじまじと見てしまったのを反省し、視線を背けた。詩ちゃんみたいに驚いて帰ってしまっても困る。いや、困るわけじゃないけど、申し訳ない。

それでも気になるので、パソコンの向きを変えて、それを盾にするみたいにして女性客の動きを観察した。

ペン売り場の前で立ち止まっている女性客の横顔は真剣で、頭をゆっくり動かして売り場を隅から隅まで確かめている。目当ての商品があって探しているようだ。

ペン売り場は店の中でも広く場所を取っており、商品数も一番多い。ボールペンにフェルトペン、カラーペン、シャープペンシルや鉛筆といった商品も一緒に並んでいる。

その中でも女性客が目を向けているのは、筆ペンのコーナーだった。

筆ペンは用途が限られる筆記具だ。冠婚葬祭の際に使う祝儀袋や不祝儀袋の名前書き…もしくは、年賀状の宛名書きくらいにしか使わないのではないか。

この時期に年賀状はあり得ないから、冠婚葬祭かな。結婚式はあらかじめ日取りが分かっているし、前もって用意が出来る。なので、急な葬儀が入り、筆ペンがないことに気づいて、慌てて買いに来た…とか？

女性客が筆ペンを探している理由を勝手に想像していた私は、彼女がふいに顔を向けたのに驚いて慌てて視線を下げた。

しまった。不審に思われたかなと焦りつつ、ごまかすためにパソコンのキーボードを適当に叩いていると、コツコツというヒールの音が近付いてきた。えっと思って顔を上げると、女性客が目の前に立っていた。

「あの…」

「はい？」

私は店番なのだし、客の様子を少し見るくらい、悪くはないはずだ。そう思いながらも文句を言われたらすぐさま謝る準備はあった。

何なら先に「すみませんでした」と言っておこうかと迷う私に、女性客は鞄からスマホを取り出し、「ちょっとお伺いしたいのですが」と言った。

「こういう…筆ペンはありませんか？」

カバーを開いたスマホを差し出し、そこに映し出した写真を見せる。祝儀袋っぽいものの横に、キャップが黒で軸の部分が茶色いペンが写っている。画質は粗く、祝儀袋と一緒に写した画像を引き伸ばしたものに思われた。

なんとなく筆ペンだと分かるだけで、それ以上の情報は読み取れない。そもそも、私自身が筆ペンに詳しくない。詳しくないのは筆ペンだけじゃないけど。

「ええと…メーカーは分かりますか？」

「いいえ」

「実物をお持ちとか…？」

「なくしてしまったんです」

私の問いかけに答える女性客の表情は沈痛なものだった。今にも大きな溜め息を吐きそうな雰囲気をまとっている。

「大型店に幾つか行ってみたんですけど、古い物だと話したら、どこでも取り扱ってないと言われたんです。こちらに昔からの文具店があったのを思い出して、もしかしたら以前の在庫とかをお持ちじゃないかと思って来てみたんですが」

「はあ……」

確かにうちは時が止まったような店だ。売れないままの在庫がしまってあってもおかしくない。

私は椅子から立ち上がり、レジカウンターの内側から出て、女性客の横を通り過ぎてペン売り場へ向かった。商品が並んでいる陳列棚の下に引き出しがあり、そこに在庫があるはずだった。

引き出しを開けてみると、箱に入っているボールペンや、輪ゴムで括(くく)られたフェルトペンなどはあったけれど、筆ペンらしき商品は見当たらなかった。後ろをついて来て、引き出しを覗(のぞ)き込んでいた女性客に、うちの在庫はこれだけだと伝える。

「ペン関係で店頭に出ているもの以外の商品は、ここにあるだけなんです」

私では分からないけど、本人なら見つけられるかもしれない。中腰で移動して場所を空け、女性客に自分で確認するように勧めた。

「よければご自分で見て下さい。もしかしたらあるかもしれないので」

「ありがとうございます」

女性客は礼を言い、私がいた場所に屈んで引き出しの中を探し始めた。引き出しは在庫保管用のもので、幅が広く、深さもあった。ボールペンの箱などの下にも古い在庫が層を成しており、女性客はそれらを一つずつ退けて目当ての筆ペンを探す。

その様子は真剣で、筆ペン一つにそこまで…と訝しくなった。うちみたいな小さな店でもメーカーごとに何種類かの筆ペンを取り扱っている。大手文具店に行けばもっと種類があるに違いなくて、わざわざ古い商品を探しているのはどんな理由があるんだろうか。

不思議に思って、他のものじゃ駄目なのかと聞いてみる。

「うちは種類が少ないですけど、太字とか中字とか細字とか極細とか…色々あるみたいですし、…まあ、薄墨だと限られてくるのかもしれませんが」

しゃがみこんだまま頭のすぐ上にある筆ペンが並んでいるコーナーを見ながら話す私に、女性客は引き出し内を探す手を止めないまま、駄目なのだと答えた。

「私、字が汚くてあれじゃないと…あの筆ペンだとなんとなく形になって、許して貰えるので」

「許して…って…誰にですか？」

筆ペンの話には似つかわしくない言葉を聞いた気分で、反射的に問い返してしまっていた。女性客の顔が微妙に硬くなるのを見て、失礼だったのに気づき、「すみません」と詫びる。

謝った私に対し、女性客は小さく首を振ってから、手に持っていたボールペンの箱を脇へ退けた。それから、一つ息を吐いて、「主人の母です」と答える。

主人の、母。自分の語彙にないワードな上に、それが「許して貰う」相手であるのが驚きで、面食らっていた私を、彼女はちらりと見て溜め息を吐いた。

「ですよね…」

「え…？」

「おかしいと思ったんでしょう？　主人の母に許して貰うとか、そんなこと、気にするのかとか…」

「いえ…」

驚きはしたけど、おかしいとは思わなかった。おかしいと思えるほど、彼女に関する情報がない。私にとっては「ハイソな出で立ちの、寂れた文具店には不似合いな女性客」というだけで、「おかしい」と判断出来る以前の関係だ。

そんな風には思っていないと、首を振って否定する。参ったな。特に何か言ったわけじゃないのに、勝手に自己完結されるとは。

閉口して、レジへ戻ろうとしかけた私の前で、彼女は突然目に涙を溜めた。

「…！」

どういう事情があるのかは分からないけど、初めて訪れた店で…しかも寂れた文具店で…泣き出すなんて、相当追い詰められているようだ。そっとしておいた方がいいと判断し、その場を離れようとしたところ、女性客は鼻声で「すみません」と詫びた。

「ちょっと…色々あって…」

俯（うつむ）いて涙を拭い、謝った女性客は、床に置いた鞄からハンカチを取り出した。レースの縁取りがされた薄いブルーのハンカチは、彼女の雰囲気に合う上品なものだ。

「……」

実際のところ、「主人の母」に許して貰おうと考えることがおかしいと思っているのは彼女自身なんだろう。年齢が近いだけで、生きてきた環境は全く違いそうな相手だけど、色々あって泣きたくなる心情は理解出来る。

本当に色々あるのだ。この年齢って。

「なんか、女の三十代ってずっと厄年らしいんですよ」

唐突に話し出した私に驚いたのか、女性客は俯いていた顔を上げる。

「三十二歳が前厄で、三十三歳が本厄で、三十四歳が後厄で…それが終わったと思ったら、今度は三十六歳、三十七歳、三十八歳にまた厄年が来るらしいんです。私、今、三十二歳で仕事も家もなくして実家に戻ってきてっていう、結構などん底にいるんで、これ以上、何が起きるのか想像もつかなくて怖いんですけど。同じくらいの歳ですよね？」

「…ええ。私は三十三歳です」

「やっぱり。なんかもう、諦めた方がいいみたいですよ」

二十代とは違って身体的な衰えを感じ始める三十代は、髪も肌も爪も、綺麗に保つために熱心な手入れが必要だ。服だって鞄だって靴だって…ハンカチまできちんと揃えている彼女は、日々とても努力をしているに違いない。

そういう人だから「主人の母」にまで気を遣うのだろうけど、無理を重ねて生まれた歪みを調整しきれなくなる時がいつか来る。自分自身が描く理想を、上手に諦めることを覚えていくスキルも必要なんじゃないか。

厄年なんだから、大変なのも当然だ。そんな風に思って、自分のせいじゃないって考えて、うまくスイッチしていくのはどうかな。

頑張れる限界って、あるんだから。

「違う筆ペン、試してみたらどうですか？」

「もうやってみました…」

「上手な字をトレースするとか」

「いっそ印刷でもいいと思いますけど」

今はなんでもありですよ。文具店の店番である私に何を言われても、女性客は納得しないと分かっていたから、そこまで言って、立ち上がった。出入り口側から回り込み、レジカウンターへ戻る。

女性客はまだも座り込んでいたが、引き出しの中を探している様子はなかった。スンと音を立てて洟を啜り、ハンカチで目元を拭ってから、引き出しを閉じる。鞄を持って立ち上がると、筆ペンのコーナーをしばし眺めてから、ひとつの商品を手に取った。

それをレジまで持ってくると、「これ、頂けますか？」と言ってカウンターの上へ置く。

「…四百五十二円です」

商品についている値札を見て値段を伝える。現金ですよね？　と確認する彼女に頷き、代金を受け取った。紙袋に入れた商品を渡し、「ありがとうございました」と付け加える。

女性客が使う為に買ったのか、迷惑をかけた詫びとして買ったのかは分からなかったけど、商品を買ってくれたのはありがたい。紙袋を鞄に仕舞い、帰っていく彼女を見送った。

チャイムが鳴り、引き戸が閉まる。一人になると女性客が口にした言葉が頭の中に蘇った。

「そんな…」

主人の母。主人か。徹さんをそんな風に呼んだことはなかった。主人とも夫とも旦那とも、呼んだことがない。

徹さんは徹さんのまま、逝ってしまったなあと思うと、涙が滲(にじ)んでくるのが分かった。駄目だ。もらい泣きというより、釣られ泣きなんだろうか。慌てて上を向いて涙を引っこませ、はあと大きく息を吐いた。

徹さんが生きていたら…という考えは特に危険で、自分の中での禁止用語にしているにも常々そう言い聞かせているのだが、ふいに漏れ出てくる記憶は厄介だ。

なかったことにするのとは違うけれど、諦めなくてはいけないのは分かっている。自分もかかわらず、他愛のない出来事をきっかけにして出てきてしまう。

大変よろしくない。女性客が帰った後、ぐずぐずしてしまった自分を反省し、気分を切り替えるためにも早めに店仕舞いしようと決めた。六時半になり、シャッターを閉める為に外へ出たところ、強風が吹いているのに驚いた。

「…わ…」

風で煽(あお)られ、足下が揺らぐほどの嵐だ。こんなに天候が悪化するって天気予報で言ってたっけ？　詩ちゃんと鯛焼き（たいやき）を食べていた時は、青空だったのに。

日の入りが近付いているせいだとは思えない空の暗さを見ると、雨が降り出す可能性が高そうだ。早仕舞いは正しい判断だ。急いでシャッターを閉め、自宅へ戻ると、台所に明澄がいた。

「早いね」

「なんか、天気が荒れてきたし」

「そうなの？」

「すごい風だよ。雨も降ってきそう」

天候を早仕舞いの理由にして、夕飯を食べるつもりなのかと尋ねた。カップ麺を作ろうとしていたと言う明澄に、一緒に食べようと持ちかける。冷蔵庫を覗き、豚こまがあるのを確認して、「焼きうどんでいい？」と聞いた。

「もちろん。なんか手伝う？」

「いや。超簡単だから」

焼きうどんと言いつつ、フライパンを使うつもりはなくて、二人分であるのを考慮して大きめの耐熱皿を用意する。野菜室にあった野菜…キャベツに玉葱（たまねぎ）、にんじんを適当にざく切りし、豚こまも切っておき、冷凍うどんを取り出した。

耐熱皿の底に豚こまと野菜を並べて、冷凍うどんをその上におき、出汁醤油を回しかける。後で味の調整が出来るよう、少なめにして、ラップをふんわりかけてレンジへ入れた。七分でセットし、スイッチを押す。

「これで焼きうどんが出来るの？」

「正確には焼いてないんだけどね。大丈夫、食べられる」

簡単手抜き料理でも間食に鯛焼きを食べているから十分だ。明澄に箸とグラスを用意するように言って、包丁やまな板を洗ってから、皿を出した。

電子レンジがピーと鳴って出来上がりを告げると、耐熱皿を取り出して、ざっと混ぜてから盛りつける。その上に鰹節をちらし、紅ショウガをのせれば、手抜きしたとは思えない見かけになる。「美味しそう」と喜ぶ明澄と、向かい合わせに座って食べ始めた。

「…大丈夫だと思うけど、味が薄かったら出汁醤油かけてね」

「このままで十分だよ。美味しい」

「よかった」

「ありがとう、二胡ちゃん。洗い物は僕がするから」

明澄と一緒に食事をするのは久しぶりだ。猫の一件以来、私が店番を終えて帰ってくる時間帯には、いつも自分の部屋にいた。機嫌を悪くしててごめんと明澄は言ったが、機嫌を損ねていたというより、謝るきっかけを探して迷宮入りしていたのだろう。

でも、本当は謝らなきゃいけないようなことではなかった。明澄が私をお姉ちゃんと同列に考えて、意に沿わない行動を取ったから謝らなきゃ…と考えたのなら、それは違う。

私は明澄の母親であるお姉ちゃんとではなく、明澄自身と同列なのだと伝えておこうと、口を開きかけた時、たたきつけるような雨が降り始めた。

「すごい降り方…」

「最近の雨って、急に降ってくるよね」

強風も続いているから、窓ガラスに雨粒がバチバチとたたきつけるような音が家の中に響く。スマホをそばに置いていた明澄は、天気予報アプリで雲の動きを調べ、しばらく豪雨が続くみたいだと言った。

「真っ赤だよ。この辺」

「家の中でよかった」

駅から帰る途中の人たちとかは大変だろうね。そんな話をしていると、微かに「ナア」という鳴き声が聞こえた。

「…！」

強雨と強風で、ザーという雨音が揺らいで聞こえるような嵐だ。聞き間違いじゃないかと思ったけれど、明澄の耳にも届いたようで、息を呑んでいた。

私と目が合うとすぐさま立ち上がる。キッチンカウンターを回り込み、勝手口のドアへ向かう明澄に声をかけようとしたけれど、なんて言えばいいか分からなくて、言葉が出てこなかった。

猫には餌をあげないって取り決めをした。けれど、今の明澄は餌をあげようとしているんじゃなくて、ただ、猫が心配で様子を見ようとしている。それまでとめる？　いや、この嵐の中、外にいる猫を心配するのは当然だ。

勝手口のドアを開けた明澄は、

「ノラミ？　ノラミ、いるのか？」

と、本降りの雨の中へ呼びかけた。ノラミって…。いつの間に猫型ロボットの妹みたいな名前をつけていたのかと驚きつつ、私も立ち上がって勝手口へ向かう。

「いる？」

「わかんない」

いたところでどうしたらいいのかは分からないが、本当にいるのなら何とかしてあげたい。何とかって…傘を貸してあげるとか、そういうわけにはいかないんだけど。

明澄は勝手口から身を乗り出して、左右を確認していたが、既に外は暗く、雨のせいで視界も悪いのでよく見えなかった。私も身を屈めて明澄の後ろから覗いて見たけれど、真っ暗で何も見えない。

その時、再び「ナア」という鳴き声が聞こえた。

明澄は犬走りに続くステップの上に置いてあるサンダルを履き、外へ出る。犬走りの上には家の軒がかかっているけれど、そんな程度じゃ庇いきれない土砂降りだ。あっという間にびしょ濡れになりながらも、明澄は「ノラミー」と呼んで、猫の姿を捜して犬走りを進んで行く。

「……」

対処法は分からないまま、私も猫が心配な気持ちが先に立ってしまい、玄関へ突っかけを取りに向かった。勝手口へ戻る途中、明澄が濡れていたのを思い出し、洗面所にあったタオルを掴んだ。

猫の姿を捜して、見つかったとして、どうするか。そこまで考えが及ばないまま、私も外に出て猫を捜した。明澄は犬走りを西側へ進んでいたので、私は北東の方から回って庭へ向かおうと考えた。

こんなにひどい雨なのだし、遠くから猫の声が聞こえるとは思いがたい。近くにいるはずだと思い、腰を低くして足下をよく見ながら家の角を曲がる。台所のシンク前にある出窓へ差し掛かりかけたところで、また「ナア」という声がした。

「……！」

近くにいると確信し、その場にしゃがみ込んだ。足下に置かれていたガス給湯器と家の間にある細い隙間を覗き込んでみると、猫がいた。黒っぽい縞柄(しまがら)の……キジトラの猫は、鰹節をあげていた猫に違いない。

「っ……」

給湯器は軒下に置かれているので、多少は雨が避けられるのかもしれない。でも、風が強いし、遠くで鳴っている雷も近付いてきている感じがする。

猫を驚かせないようにそっと動き、勝手口の方へ戻ると、明澄がドアの向こう側から現れた。ずぶ濡れの明澄に「いた」と伝える。

「えっ、どこ？」

「給湯器の後ろ」

「どうしよう？」

猫を捜しに飛び出したくせに、明澄は困った顔で問いかけてくる。私もどうしたらいいのかは分からないけれど、この状況での選択肢は一つしかないだろう。

「とりあえず……家の中に入れてあげよう」

豪雨で強風の上に雷も鳴っている。鳴いているのも助けを求めているからに違いない。それしかないんじゃないかと言うと、明澄はきゅっと口元を引き締めて、しっかりと頷いた。それから、

「どうやって？」

と、聞いた。

どうやって……って……。うーん……今は給湯器の後ろにいるから……手を伸ばして捕まえる？　でも、私は長田さん家のカカシにちょっと触れたことがあるくらいで、まともに猫を触ったことはない。

どうしたらいいのかと悩んでいる間にも雨は益々ひどくなってきた。このままじゃ、猫どころか、私たちの方が風邪をひく。

早くしなきゃと思った時、勝手口のところにタオルが落ちているのを見つけた。濡れている明澄に渡そうと思って持ってきたものだ。私は咄嗟にそれを摑んで、「捕まえてみる」と明澄に告げた。

「僕がやろうか？」

「給湯器の後ろにいるんだよ。狭い隙間だからあんたよりも私の方が」

腕も細いし、適任だ。明澄は頷き、再び犬走りを進む私の後ろをついてきた。

家の角を曲がったところでしゃがみ込み、給湯器と家の間を覗き込むと、猫は同じところにいた。私を見て、「ナア」と鳴く。

「おいで。家に入ろう」

家の中なら雨も風も避けられる。せめて嵐がやむまで。安全なところで一緒にいよう。

猫に声をかけて、タオルを上からかけてやろうとしたが、狭くてうまくいかない。タオルで包むようにして猫を持ち上げ、隙間から出してやりたかったのだ。

悪戦苦闘していると、猫は隙間でごそごそと動き、向きを変えていた。

「…!」

もしかして…反対側から逃げるつもりなのだろうか。いやいや。それはちょっと待って欲しいと思い、給湯器の反対側へ回り込む。でも、出てくるつもりなら都合がいい。その上にタオルを被せ、捕まえて家の中へ運べば…。

よし、いける。一連の動きを頭の中でシミュレーションし、猫が出てくるのを待ち構えた。這いずり出るようにして出てきた猫にタオルをかけ、上から捕まえる。

「…っ」

初めて我が手で持ち上げた猫は小さくて柔らかかった。その柔らかさは何とも比べられないもので、すごく驚いた。

息を吞んだのと同時に、その柔らかきものが暴れ始めたので、更に驚いた。

「あっ…ちょっ…」

暴れないで。助けてあげるんだよ。こんなところにいたらずぶ濡れになってしまうし、命に関わるような病気にだってなりかねない。

だから…と必死な思いで抱きかかえようとした。腕の中に収めてしまえば。

抱きかかえて運べば…と思い、力を込めたところ、猫は私の手から逃れようと踊るみたいに全身を捻った。

その瞬間、被せていたタオルが落ち、猫の姿が露わになった。シャーッと威嚇し、私の方へ腕を伸ばす。

「いたっ…！」

猫の動きが余りに速くて、何が起きたのかは分からなかったけど、口の辺りに鋭い痛みを感じた。その衝撃で思わず手を緩めてしまう。私の手から逃れた猫は、庭へ続く犬走りを大雨の中、猛スピードで逃げていった。

そんな…せっかく…。

「二胡ちゃん!?　大丈夫!?」

明澄も状況がよく分かっていないようだったが、私があげた声で怪我をしたのだと察したらしかった。口のあたりが痛くて、答えられず、雨の中呆然と立ち尽くす。

捕まえられなかった…。やけるような痛みを堪えて、猫が消えた豪雨の先を苦い思いで見つめた。


何処に行ったのか分からない猫をそれ以上捜すのは諦め、一旦、家の中へ入った。口元を押さえていた手を離して見ると、血がついていた。猫に引っ掻かれたという認識はあったが、出血するような傷だとは思っていなくて、慌てて鏡のある洗面台へ走った。

血が出るような怪我なんて、長い間していない。しかも、顔だ。どんなことになっているのかと恐ろしく思いながら鏡を覗くと、上唇の真ん中…ちょうど人中と唇の間くらいのところが、小さく裂けて血が滲んでいた。

皮膚の薄い部分なせいか、痛みが強くて、もっと大怪我をしたのだと思っていたから、ちょっとほっとした。傷口を水で洗い流していると、明澄がやって来た。

「二胡ちゃん、怪我したの？」

尋ねる明澄に頷き、引っ掻かれたと告げる。

「大丈夫？」

「うん。血が出たからびっくりして……」

「血⁉」

「大したことはないよ」

血と聞いただけで明澄は顔を青くして狼狽え始めた。「病院に行こう」と言い出したので呆れてしまう。

「こんなくらいで病院なんて必要ないよ」

とは言うものの、相手は野良猫だ。水で洗い流したら血はとまったようだったが、消毒をしておいた方がいいかもしれないと思い、明澄に救急箱を持ってきて欲しいと頼んだ。

テレビ台の引き出しに入っていると付け加えると、明澄は走って取りに行き、あっという間に戻ってきた。

「二胡ちゃん、これ？」

「そう。中に消毒薬があるから……」

明澄が取り出してくれた消毒薬はスプレータイプのものだったので、鏡を見ながら、傷が出来ている上唇にシュッと振りかける。明澄は横から鏡を覗き込み、悲しげな表情を浮かべた。

「唇、引っ掻かれるなんて……痛い？」

「だいぶ落ち着いてきた」

「ごめん、二胡ちゃん。僕が……」

明澄は申し訳なさそうに謝った。自分の方が適任だと言ったのは私だし、明澄が謝る必要なんかない。首を横に振って、消毒薬を箱に戻して欲しいと言って手渡した。

「捕まえた時はいけると思ったんだけど、やり方が強引過ぎたかもね」

猫には可哀想な結果になってしまった。何処へ行ったのかは分からないが、多少でも雨風がしのげそうな給湯器の裏にいた方がよかったのではないか。親切のつもりが迷惑になってしまったと悔やんで、びしょ濡れの明澄に着替えを勧めた。

「私も着替えてくる」

「うん……」

明澄は頷き、ついでに救急箱を戻しておくと言って、居間へ向かった。二階へ行こうとした際、廊下の隅に落ちているタオルを見つけた。猫を捕まえるために使ったタオルだ。バタバタしていたから外に置いてきてしまったかと思っていた。濡れているし汚れているから洗濯しなくては。そう思って拾い上げると、猫の毛がついているのに気がついた。

「……」

今頃、あの猫は何処でどうしているのだろう。雨も風もやんでいなくて、雷も鳴っている。おとなしく家の中に入ってくれればよかったのに…。

残念な気持ちでタオルを洗濯機のそばに置き、先に着替えを済ませる為に二階へ上がった。自室で濡れた服を脱ぎ、着替えを終えると、唇がじんじんと痛み出しているのに気がついた。

水で洗い、消毒薬をかけた後は、痛みも治まっていたのに。また血が出ているのかと思い、壁にかけてある鏡を覗いて見ると、出血はなかった。

傷口は小さく、少し赤みを帯びている。痛むのは敏感な部分だからなのだろう。消毒はしたし、そのうちよくなるはずだ。

「……」

猫を保護しようとして怪我をするなんて、バカなことしたなあとへこんだ気分で一階へ下りると、ダイニングテーブルには食べかけの焼きうどんが放置されていた。騒動のせいで食欲は失せているが、このまま捨てるのはもったいない。

冷たくなった焼きうどんをもう一度温めるかどうか思案していると、明澄がやって来た。

「残ってるの、食べる?」

「うん」

「温める？」

　そのままでいいと明澄が言うので、私も冷めた焼きうどんを食べた。唇を動かすと痛みが出て、つい顔を顰めてしまう。心配そうに私を見る明澄は、「大丈夫？」と聞きたい気持ちを抑え、敢えて口を噤んでいるようだった。

　雨はやまず、食べ終えても雷が聞こえていた。私たちは食べている間も、片付けを終えるまでの間も、何も話さなかった。猫、どうしてるかな。同じ心配をしながら、私も明澄も口にはしなかった。

　嵐の夜に起きた捕獲失敗事件によって出来た傷が、私たちの間で、猫の話をタブーとした。

三

六月に入って間もなく、東京は梅雨に入った模様だというニュースが流れてきた。梅雨と言えばしとしと降り続く長雨といったイメージがあるが、最近はゲリラ豪雨のように激しい降り方の雨が多い。天気予報もころころ変わったりするので、外出の際は折り畳み傘を必ず持って出るようにしている。

晴れてはいるけれど、怪しげな雲が出ている空を見上げ、家に帰り着くまではなんとか持ってくれと願う。待ち合わせは一時だが、その後、長田さんとも会う予定だから、帰りは夕方以降になるだろうし、無理かもしれないな。

諦め気分で指定されたホテルのティーラウンジへ向かった。東京駅に直結するホテルでの待ち合わせは、約束した相手が新幹線での出張を控えているからで、遠くまで足を運ばせてすまないという謝罪を先に貰っていた。

ホテル内に入り、スタッフに場所を聞いて訪ねると、約束した相手…姉の結婚相手である早野さんは先に席に着いていた。私を見ると座っていた椅子から立ち上がり、丁寧に頭を下げる。

「ご無沙汰しています」

「こちらこそ……」

「突然、お呼び立てしてすみませんでした。来ていただいて助かりました。ありがとうございます」

　礼を言う早野さんに「いえ」と首を振り、お互いが席に着く。何か食べられますか？　と聞かれ、飲み物だけでいいと返事した。早野さんは近くにいたスタッフを呼び、コーヒーを二つ頼む。

　早野さんは姉よりも二十歳年上のはずだから、もう六十近い。私が最後に早野さんを見たのはいつだったか思い出せないくらい昔だが、当時、既に若白髪だったせいもあって、ほとんど変わっていないように見えた。

　早野さんから連絡があったのは先週のことだ。話があるので一度会って貰えないかという申し出を断る理由はなくて、了承した。姉と明澄には内密にしてくれという頼みも。

　スタッフが離れていくと、早野さんは改まった感じで、失礼を詫びた。

「本当は…入籍する前に二胡さんやお義母さんに会って挨拶すべきだと思っていたんです

が…。

「ああ…そうですね。特に母は倒れたばかりなので…避けていただいて正解だと思います」

一湖（いちこ）に反対されまして」

母と姉の折り合いが悪くなったのは、早野さんが原因だ。今になって姉と早野さんが結婚すると聞いても母が喜ぶとは思えず、心労を増やすだけだと思われた。だから、明澄が同居することを伝えた時にも、二人の結婚については触れなかった。

当初は子育てに協力していた母と姉の関係が悪くなったのは、明澄の父親のせいらしいと察しながらも、私は敢えて二人にわけを聞いたりはしなかった。

母が私に、愚痴めいた口調でその件を漏らしたのは、父の葬儀を終えてしばらく後のことだった。父が亡くなったショックもあったのだと思う。家の片付けを手伝いに行った際、姉が大学の指導教官だった早野さんと不倫をして生まれたのが明澄なのだと、唐突に打ち明けられた。

明澄の父が早野さんだと知り、私は驚くよりも、納得した。母からの助けが得られなくなった姉は、一人暮らしを始めた私に明澄の世話を頼んだりしていたのだが、私よりも多く子育てを手伝っていたのが早野さんだった。

歳（とし）の離れた恋人だと思っていたが、早野さんが父親ならば明澄の世話を任せるのも当然だ。ただ、姉は明澄に早野さんが父親だと告げておらず、私にも話さなかったので、ずっと知らない振りをしていた。

「体調がよくなられたら…お義母さんにもご挨拶したいと考えています。お詫びが…先になりますが」

低い声で付け加えた後、早野さんは意を決したような顔付きで、「二胡さんは」と切り出した。

「明澄のことを…聞いてますか？」

「…姉から、という意味ですか？　だったら、聞いてません」

「…でも、ご存じなんですね？」

確認するように聞かれ、無言で頷く。「そうですか」と相槌を打った早野さんに、明澄には伝えたのかと尋ねた。

「そう…聞いています」

「早野さんが伝えたんじゃないんですか？」

「私は…会って貰えていないので」

そうなのか。明澄が一人暮らしをしたいと言い出したきっかけは姉の結婚で、私にも確かめようとしたことから、早野さんが父親であることを聞いたのだと考えていた。

明澄と早野さんの仲は悪くなかった。明澄は早野さんを慕っていたけれど、母の知り合いのおじさんが父親だった…というのは、やはりショックだったのか。

いや、それだけでなく…。

二人が不倫関係だったのも…、影響しているのだろう。

「…早野さん、奥様は…」

「二年前に亡くなりました」

「…そうですか…」

長く病床にあるとは聞いていたが、亡くなっていたのは知らなかった。お悔やみを口にしたところで、コーヒーが運ばれてきた。しばし会話が中断している間に、正面から何気なく見た早野さんは、明澄に似ていて、どきりとした。

明澄は歳を重ねたらこんな風になるんだろうな。コーヒーを一口飲むと、早野さんが明澄の様子について聞いた。

「元気ですか？」

「はい。大学にもちゃんと通ってるみたいですよ」

「そうですか…。二胡さんが一緒なので安心です。二胡さんの方は…再就職は…」

まだです…と小さく言い、首を振る。実家に戻って以来、ハローワークにも通っていないし、求人情報も見ていない。ただ店番をしているだけだと説明するのも気が引けて、Webの仕事を始めたと伝えた。

「前に一緒に働いていた方の紹介でWebマガジンの記事を書いたりしています」

「それはいいですね。在宅で出来るのでしょう？」

「ええ」

「うまく軌道に乗るのを願っています」

穏やかに微笑んで言葉をかけてくれる早野さんは、やっぱり明澄に似ている。落ち着いていて聡明で、感情的になったりしない。姉は自分の機嫌で人を振り回すところのある人なので、こういう人でないとバランスが取れないのだろう。

「早野さんはお姉ちゃんのマンションに？」

「はい。一湖から聞いてませんか？」

「明澄のことで電話した時に落ち着いたらまた連絡するって言ってたんですけど、それきりで。忙しいですよね。お姉ちゃんは」

「そうですね。特に今は締め切りが重なっているようでピリピリしています」

「早野さんも……これからどちらへ？」

仙台です……と答え、早野さんは腕時計で時刻を確認した。新幹線の時間もあるだろうから、そろそろ出ませんかと持ちかける私に、「すみません」と詫びる。スタッフを呼び、会計を済ませた後、遠慮がちに「あの」と声をかけてきた。

「失礼かもしれないんですが……口紅が……」

「え…」

はみ出ているのではないかと、そっと伝えてくれる早野さんに、苦笑を返す。嵐の夜。保護しようとした猫につけられた傷は、赤い痕になって残ってしまった。違うんです…と否定し、傷痕なのだと説明した。

「怪我をしてしまって…傷は治ったんですが、赤みが残ってるので、そう見えるんだと思います」

「そうでしたか。すみません。とんだご無礼を。しかし、唇を怪我するなんて…転ばれたりしたとか？」

「いいえ。…猫に引っ掻かれまして」

猫につけられた傷だとは考えてもいなかったようで、早野さんは目を丸くする。猫を飼っていたのかと聞かれ、首を振った。

「雨がひどかったので、野良猫を家に入れてやろうとしたら…やられまして」

「野良猫…ですか。病院へは行かれましたか？」

「いえ」

「外にいる動物はどんな菌を持っているか分かりませんので、怪我をしたらすぐに受診された方がいいです。感染症などに罹患したら大事になりますよ」

早野さんの言うことはもっともで、病院へ行こうという明澄の勧めを、大した怪我じゃないからと断った自分を反省する。次からはそうすると神妙に伝え、一緒に席を立った。

ホテルを出て、東北新幹線の乗り場へ向かう早野さんとは構内で別れることになった。

「二胡さんは帰られるんですか？」

「出てきたついでに打ち合わせを…」

編集者に会って帰ると言う私に頷き、早野さんは明澄の名前を口にした。

「明澄に…よろしく伝えて下さい」

「はい」

会いたがっていると伝えてくれとは言わないところが、早野さんの賢さだなと思った。

早野さんはきっと、明澄の気持ちが落ち着くまで待つつもりなのだろう。

どんな理由があったとしても、早野さんと姉が不倫をしたことも、早野さんが妻帯者のまま明澄の子育てに関わっていたことも、容易には理解の得られない事実だ。

特に当事者である明澄にとっては。

去っていく早野さんの後ろ姿を眺めながら、歩き方も似ているなと思い、地下鉄の駅へ向けて歩き出した。

しかし、早野さんに指摘されるくらいなのだから、当然ながら長田さんは……。

「どうしたの？　その口」

待ち合わせのカフェに現れた長田さんは挨拶するよりも先に、唇の傷について尋ねてきた。早野さんは口紅がはみ出ているのだろうかと、気にかけつつも話をして、別れ際にそっと教えてくれたが、長田さんにそういう遠慮はない。

怪訝そうな顔付きの長田さんに事情を説明したら、なんて言われるのかは簡単に想像がついた。早野さんにだって病院へ行くべきだったと注意されたのだ。なんでもないとごまかそうかという考えも過ったけれど、簡単にごまかされてくれる相手ではない。

仕方なく、嵐の夜の保護失敗事件について話をすると。

「はあ？」

「声が大きいですよ」

長田さんは周囲に座っている他の客が視線を向けてくるほどの声を上げた。声を潜めるよう、指を立ててたしなめるのに聞いてくれない。摑みかかってきそうな勢いで、質問してくる。

「病院は？　病院、行った？」

「……。行ってません」

「なんで？」

「大した傷じゃなかったので……」

「痕が残ってるじゃないの」

「消毒はしました。それに…これも徐々に薄くなってるんです」

そのうち消えると思う…と言う私に、長田さんは怒り…というより、愚行に対する苛立ちを露わにしながら、「あのね」と続けた。

「猫に引っ掻かれたり嚙まれたりしたらすぐに病院行かないと駄目なの！　蜂窩織炎とかになったらどうすんのよ。しかも、野良猫でしょ？　更に唇なんて、皮膚の薄そうな場所…ああ、もう！　何してんのよ！」

「病院に行かなかったのは…考えが甘かったと反省してます…」

「猫だって可哀想だよ。嵐で怯えて隠れてたのに、タオルかけられて捕まえられるなんて、びっくりして逃げるのも当然だよ」

「そうですよね…」

今考えれば、私もそう思うのだが。あの時はとにかく家に入れてあげなきゃという考えで頭がいっぱいで、冷静な判断が出来なかった。

しゅんとして肩を落とす私を見た長田さんは、息巻いていた自分を反省したようで、言い過ぎたと詫びる。

「ごめん…つい…。猫につけられた傷で大変なことになった人を知ってるからさ。でも、もう猫には構わないって言ってたじゃないの」

「すごい雨と風で…雷まで鳴ってて…そこに猫の鳴き声が聞こえたので、可哀想だなって」

「勝手口に来たの？」

「いえ。捜してみたら給湯器の裏にいて…捕まえようとしたら…」

「そりゃ引っ掻かれるよ」

長田さんは呆れた顔で肩を竦め、猫はまだ来ているのかと尋ねた。

「あれ以来、見かけてないです」

「なら、いいけど。どんなに可哀想だと思っても関わらない方がいいよ。猫沢って何するか分からないから怖いわ。噛まれたりしたらそんな程度の傷じゃすまないからね」

「反省してます…」

あの事件以来、明澄との間で猫の話題は一度も出ていない。だからといって、以前のように隙間風が吹いている感じもなく、普通に生活している。明澄は私が怪我をしたことを重く捉えていて、猫の存在を忘れようと決めたようだった。

猫の話が一段落したところで、私は長田さんに用件を聞いた。話があるので会えないかというメールを貰ったのは昨日で、早野さんとの約束があったので、ちょうどいいと思って待ち合わせることにしたのだ。

長田さんは「そうそう」と言って、仕事モードに切り替えた。きりっとした顔付きで、隣に置いた鞄から書類と雑誌を取り出す。

テーブルの上に置かれた雑誌は長田さんが勤めている出版社が発行しているものではなかった。私たちがかつて編集していた雑誌とも違う。

ただ、有名な雑誌なのでよく知っている。なんでこの雑誌を？　不思議に思う私に、長田さんが説明を始める。

「名前を言えば分かると思ったんだけど、取り敢えず、参考資料として渡しておくね。こっちは依頼内容」

「依頼って…」

「小さいコーナーなんだけど、猫沢にやってみないかって」

寝耳に水の話で、すぐに声が出なかった。え？　なんで？　違う出版社で、今は雑誌編集にも関わっていない長田さんが、どうしてこんな話を持ちかけてくるのか分からず、唖然としている私に、長田さんは続ける。

「この編集部に知り合いがいてさ。猫沢がうちのＷｅｂマガジンで連載始めたエッセイを送っておいたんだよ」

「え…え…ちょっと待って下さい。長田さんが…なんで？」

私が仕事を紹介して欲しいと頼んだならともかく、長田さんが仕事探しみたいなことをしてくれる理由が分からず、戸惑いを覚える。Ｗｅｂマガジンの時は同じ社内だから…と思えたけど、他社までとなると、ちょっと疑問だ。

理由を聞かれた長田さんは、真面目な顔で、私にライターとして食べていけるだけの収入を得て欲しいのだと言った。

「猫沢がもう編集者をやるつもりはないってのも分かるけど、やっぱり残念だし、だったら違う形で働けたらなって思うんだよ。二十代、ずっと頑張ってきたのに、もったいないじゃないの」

「……」

なんて…有り難い話なのか。長田さんの思いに感謝したけれど、同時に自分の中で生まれた困惑が深まっていくのを感じていた。

長田さんがここまでしてくれるのは…長い間面倒を見た後輩だからというだけじゃない気がする。もしかすると…長田さんは私が退職する原因となった揉めごとの発端を、誰かから聞いたのではないか。

私は話さなかったし、話すつもりもなかったけど、人の口に戸は立てられない。だとしたら…。

「……」

長田さんがテーブルに置いた雑誌を見つめる。同じ業界のライターなら誰もが憧れる雑誌だ。小さいコーナーだと言っていたけれど、この雑誌で連載なんて、断る人間はいないだろう。

だからこそ、躊躇いが消せなかった。こんな形で引き受けてもいいのだろうか。多くの人が望む仕事を、自分で特に努力をしたわけでもないのに、ラッキーだと喜んで得てしまってもいいのだろうか。

どうしても迷いが消せず、長田さんを真っ直ぐに見つめた。

「少し…考えさせて貰ってもいいですか？」

「どうして?」

「私はライターとしてほとんど実績もないですし…務まるかどうか…」

不安なのだと打ち明ける私を、長田さんはしばし見つめた後、「分かった」と返事した。

「じゃ、また返事ちょうだい。なるべく早くがいいんだけど」

「分かりました。わがまま言って、すみません」

とんでもない…と長田さんは笑って言い、買ってきていたコーヒーを飲む。窓際の席に座っていたので、外が暗くなっているのが分かり、やっぱり天気は持たないかもなあと心の中で嘆息した。


話を終えて長田さんと別れ、電車に乗った頃には空模様は更に怪しくなっていた。下北沢で小田急に乗り換え、梅ヶ丘を過ぎたあたりで、車窓に雨粒が当たっているのに気がついた。

経堂に着き、ホームに降り立ってみると、電車内から見ていたよりも激しい降り方なのが分かる。折り畳み傘では心許ないほどの雨だ。ホームから改札のある一階へ下りる他の乗客たちもどこか憂鬱な顔をしていた。

改札を出ようとしたところで、その向こうに人だかりが見えた。経堂駅は改札を出てすぐのところは高架下になっており、雨が当たらない。恐らく、雨が多少でも小降りになるのを大勢が待っているのだろう。

改札内にあるコーヒーショップで時間を潰すかと考えたけれど、そこまでするほどのことじゃない。取り敢えず、改札を出て、人混みに紛れる。折り畳み傘を取り出し、人をかき分けるようにして前へ進み、高架の外へ出ようとしたところで、躊躇(ちゅうちょ)した。

ものすごい降り方だ。そりゃ、皆が足を止めるわけだ…と納得していると、「猫沢さん」と背後から呼ばれた。

「…？」

名前を呼ばれるような心当たりがなく、不思議に思って振り返ると、詩(うた)ちゃんがいた。

「あ、こんにちは」

「こんにちは。すごい雨ですね」

「本当に。折り畳みは持ってるんだけど、どうしようかと思ってたの」

「私もです」

詩ちゃんも折り畳み傘は持っているけれど、降りが弱まるのを待っていたのだと言う。ちょうどいい連れ合いが出来たので、強行軍はやめ、詩ちゃんと並び立って降り続く雨を眺めた。

「学校の帰り？」

「はい。……」

私の方を見て答えた詩ちゃんが、一瞬動きをとめる。何を見て固まったのかは聞かなくても分かって、指先で上唇を隠すようにし、苦笑した。早野さんにも長田さんにも気づかれたのだ。詩ちゃんが気づかないわけがない。

「やっぱり気になる？」

「どう…したんですか？」

聞いてもいいのかどうか悩んでいる感じの口調で、詩ちゃんは尋ねる。早野さんや長田さんに説明した内容を繰り返すと、詩ちゃんは二人と同じことを言った。

「病院は行きましたか？」

「行った方がよかったんだろうけど、大したことないと思って行かなかったの。さっき、猫を飼ってる知り合いに叱られたばかり」

猫を飼っている詩ちゃんも野良猫による怪我(けが)がよくないことを知っているだろうから、注意したいに違いない。もう十分理解したと神妙に伝える私に、詩ちゃんはひどくならなくてよかったと言った。

「場所が場所ですし。治りかけてるんですよね？」

「傷はすぐによくなったんだけど、赤みだけがひかなくて。でも、薄れてはきてるから」

そのうち目立たなくなるはずと言って、詩ちゃんを安心させる。詩ちゃんは頷いて、猫について尋ねた。

「でも、家に入れようとしたのは飼うつもりになったからなんですか？」

前に猫の話をした時に、飼うことは出来ないから餌をあげるのもやめると伝えた。気持ちが変わったのかと聞く詩ちゃんに、首を振って否定する。

「そういうわけじゃなくて…雷まで鳴ってたから、可哀想で」

そうですか…という詩ちゃんの相槌を聞きながら、勢いが弱まらない雨を見る。こんな雨の中、あの猫はどこにいるんだろう？　ちゃんと雨宿り出来ているだろうか。

長田さんにもう関わらないように言われ、そのつもりだとは返したが、天気が悪いとやっぱり気になってしまう。

隣で雨を見つめる詩ちゃんも同じことを考えていそうだ。どんなに悪天候でも、野良猫がどうしているかなんて、以前は考えたこともなかった。

今、心配しているのは、あの猫が私にとっては野良猫ではなく、特定の猫になっているからかもしれないな。気にかける気持ちを捨てなきゃいけないと、分かってはいるんだけど。

「洞ヶ瀬さんの家の猫…こむぎくんだっけ。確か…五歳とか？」

「そうです」

「その前も猫を飼ったりしてた？」

「いいえ。私はこむぎが初めてで…私が生まれる前は飼ってたみたいなんですけど」

そうか。詩ちゃんの家はお母さんが猫好きだと言っていたな…と思い出していると、

「あ」という声が背後から聞こえた。すぐに明澄の声だと分かり、振り返る。

「何してんの？」

「雨がすごいからやむのを待ってるんだよ。帰り？」

明澄は朝から大学へ出かけていた。うん…と頷き、近付いてきた明澄は、詩ちゃんに

「こんにちは」と挨拶し、詩ちゃんも「こんにちは」と返す。

「二人とも傘、持ってないの？」

「折り畳みはあるんだけど、こんなひどい降り方じゃ、差してもびしょ濡れになりそうで」

明澄は「そうだね」と頷き、スマホを取り出した。天気予報を調べるアプリで雨雲の動きを見て、もうすぐやみそうだと教えてくれる。

「そろそろ雨雲が抜けるみたい」

「そういえば…ちょっと降り方が弱くなったかも」

詩ちゃんと会った時はもっと土砂降りで、視界も暗かった。あの時に比べると明るくなった気がする。周囲で雨宿りをしていた人たちも、そろそろいいだろうと判断し、傘を差して出ていき始めていた。

傘がないわけではないので、私たちも行こうかと話し、折り畳み傘を差して歩き始める。同じ考えの人たちが動き出したせいで、傘を差した通行人で道がいっぱいになっていた為、裏道から回ろうと提案した。

詩ちゃんも同じ方角だし、遠回りになるわけじゃないので、一緒に裏道へ入る。住宅街の中を歩いていると、間もなくして、急に雲が開けて青空が見えた。雨もやんだので傘を閉じる。

「突然、晴れてきたね」

「最近の雨雲レーダーは正確だな」

ただ、梅雨時だし、また突然降り始める可能性もある。やんでいるうちに帰ろうと真っ直ぐ家を目指した。裏から回ったので自宅側の玄関前に着き、そこで詩ちゃんと別れることになった。

「こっちに玄関があるんですね」

「店の方は元々庭だったのよ。角地だから」

庭の半分を潰し、自宅と繋(つな)げるような形で店を作ったのだと説明していた時だ。うちの玄関付近を見回していた詩ちゃんが、ふいに息を呑(の)んだ。

「どうしたの?」

「…ねこ…」

「え?」

「今、そこに猫がいました!」

詩ちゃんが「そこ」と指を差したのは、玄関に続く門扉の左側にある柘植(つげ)の植え込みだった。公道から玄関までは数段のステップがあり、右側は店の建物に繋がっているので板塀で塞がれているが、左側は犬走りへ入れないように植え込みで区切ってある。

その脇から猫が顔を出していたと詩ちゃんは言うのだが。

「猫って…本当に?」

「はい。キジトラの猫で…目が合ったら奥に行っちゃいました」

詩ちゃんの話を聞いた明澄は急いで門扉を開けて中へ入り、植え込みをまたいで犬走りを進んでいく。猫の姿を捜しに行ったと思われる明澄を追いかけたりはせずに、キジトラだったら…あの猫だろうと詩ちゃんに話をした。

「キジトラって…あれだよね。黒っぽいしましまの…」

「そうです。キジトラってよくいるんで、猫沢さんを引っ掻いた猫かどうかは分かりませんけど…猫って縄張りがあるので、この辺りに棲み着いているのかもしれませんね」

あの嵐以来、鳴き声も聞いていないし、捕まえかけられたのに怯えて、どこかに行ってしまったのかと思っていた。まさか、まだいたなんて。

「濡れてる感じはしなかったので、雨宿り出来るところがあるのかも」

さっきまで土砂降りだったのに、猫は濡れているように見えなかったと聞き、少しほっとする。そこへ明澄が戻ってきて、何処にもいなかったと報告した。

「隠れられる場所があるのかもしれないね」

「そうですね。お庭とか…お隣の家とかも猫なら簡単に行けると思いますから」

猫は跳躍力もすごいし、狭いところに潜り込むのも得意なのだと聞き、給湯器の裏にいた姿を思い出す。あんな感じの隠れ場所が他にもあるのだろう。

まだ猫が近くにいるらしいという事実に驚きつつ、帰っていく詩ちゃんを明澄と二人で見送った。玄関へ入り、少しだけ使って濡れている折り畳み傘を広げて壁のフックに引っ掛けていると、明澄が「ごめん」と謝った。

唐突過ぎて、何を謝られているのか思いつかず、きょとんとした顔で明澄を見る。「何のこと?」と尋ねると、明澄は猫を捜してしまったのを後悔しているのだと分かった。

「つい…捜しちゃって…」

悪いことをしたみたいにしゅんとしている明澄に苦笑する。諦めると決めても、猫がいたと聞いて反射的に行動してしまうほど、まだ猫を気にかけているのだ。

私自身、こんな雨の中でどうしているんだろうと心配した。仕方ないことだと思い、謝る必要はないと伝える。明澄は項垂れたまま「うん」と頷いた。

「気をつけるよ」

呟くように言い、明澄は靴を脱いで上がり框から廊下に進む。すぐ左手にある襖を開けようとした明澄に、私は「あのね」と呼びかけた。

動きを止め、明澄は私を見る。猫の話の続きだと思っているのかもしれないと思いつつ、早野さんに会ったのだと告げた。

「今日、早野さんに会ったんだけど」

「……」

早野さんの名前を聞いた途端、明澄は表情を厳しくした。厳しく…というより、身構えた…というか。無言で頷き、私を見返す。

「お姉ちゃんと結婚したって報告で…よろしく伝えて欲しいって」

「…うん」

「早野さんと…会ってないの？」

私の問いかけに、明澄は迷いを浮かべ、しばし考えてから口を開いた。

「最後に会ったのは合格祝いで食事をした時かな。だから、会ってないって言っても三ヶ月程度だよ」

「……」

確かに違う暮らしを営んでいる相手と、三ヶ月会わないというのはおかしな話じゃない。私だってお姉ちゃんと一年会わないことだってある。でも、明澄は早野さんと、この先も会うつもりがない気がした。

「早野さんは会いたいみたいだったよ」

「うん」

「会うつもりはないの？」

「いつかは会うよ」

いつかっていつ？　そんな問いかけは残酷だと分かっていたから、口にはしなかった。

「そう」と相槌を打って、会話を終える。そのまま二階へ行こうとすると、廊下を歩き始めてすぐに「二胡ちゃん」と呼ばれた。

「なに？」

振り返って聞くと、明澄は口ごもり、俯いて頭を振った。なんでもない…と言い、部屋へ入っていく。明澄が消えた襖を開け、ぶっちゃけて話してしまいたい衝動に駆られたが、それは違うと自分をとめた。

早野さんが父親だったと知り、同時に自分が不倫関係の末に生まれたのだと察したとしたら、明澄が戸惑うのも当然だ。もう大学生で、子供でもないのだし、気にすることじゃないという乱暴な理屈を、向けることは私には出来ない。

いつか、と言えるだけ、明澄は偉い。そう思って、二階への階段を上がった。


翌日、見ていたニュースで台風が近付いてきていると知り、急な豪雨になった理由が腑に落ちた。台風って梅雨が明けてからのイメージがあるけど、梅雨時に来る台風は前線を刺激し、大雨になる傾向があるらしい。

その上、沖縄の方じゃなくて、関東地方へ真っ直ぐに進んできているようなので、しばらくは進路予報に気をつけなきゃいけない。とはいっても、通勤しているわけじゃない私は気楽なものだ。

午後になり店を開けて間もなく、来客を告げるチャイムが鳴った。顔を上げて出入り口の方を見ると、近所に住む母の友人である寺尾さんが立っていた。

寺尾さんは母が姉の同級生を通じて仲良くなったママ友だ。父が先に亡くなり、一人暮らしになった母を気遣ってくれて、倒れた際も病院まで付き添ってくれた。

大変有り難い存在なのだが、お節介焼きなので、扱いに困るところもある。買い物に来たわけではないのは分かっていたので、立ち上がると、近付いてきた寺尾さんは手に持っていた紙袋を掲げた。

「二胡ちゃん。さくらんぼ、食べない？」

母と入れ替わりで私が実家で暮らすようになってからも、寺尾さんはお裾分けを持って来てくれる。ありがとうございます…と礼を言って紙袋を受け取ると、プラケースに入ったつやつやで真っ赤なさくらんぼが入っていた。

「どうしたんですか？」

「さくらんぼ狩りに行ってきたの。お土産よ」

「いつもすみません」

さくらんぼなんて高価なもの、買えるような経済状況じゃない。嬉しいですと伝えると、寺尾さんは明澄を見かけたという話を始めた。

「大きくなったわよねえ。小さい頃はそうでもなかったのに」

「そうですね」

「一湖ちゃんはずっと見かけてないけど、元気なの？」

「ええ…まあ」

「央介(おうすけ)くんは？」

「たぶん…」

姉よりも更に実家に寄りつかない兄について聞かれ、曖昧に語尾を濁す。正直、私も兄と最後に会ったのは徹(てつ)さんの葬儀で、それに来てくれたのにも驚いたくらいだった。母が倒れた時だって、病院に一度は顔を出したようだが、タッチアンドゴーの速さでいなくなったと、母がぼやいていた。

兄のことをよく知っている寺尾さんは、それ以上は聞かず、姉の話を再び始めた。

「でも、一湖ちゃんも色々あったけど、あの子を生んでおいてよかったわよね。やっぱり子供がいた方が安心じゃない」

「はあ…」

三人も子供を生んだのに、誰一人あてに出来ない母を思うと、そうでもないんじゃないかと思えるが、寺尾さんに反論すると長いから、適当に相槌を打つ。出来るだけ、のれんに腕押しの対応で、早めにお引き取り願うのが最善なのだ。

「二胡ちゃんも…また、ご縁があるといいわね」

「はあ…」

「仕事の方は？　就職活動はしてるの？」

ぼちぼちです…と曖昧に言葉を濁す私を、寺尾さんは哀れむような目で見た。

「二胡ちゃんは本当に大変ね。仕事を辞めちゃったと聞いた時は驚いたけど、マンションまでなくすなんて。やっぱり何があるか分からないから、仕事は辞めちゃ駄目だったのよ。我慢しなきゃ」

「……」

「折角、いい出版社にいたのにもったいない」

もったいない。それは母にも言われた。大学時代に頑張って就職活動して、内定を貰えた時には大喜びしていたのを知っている母にとっては、正直な感想だったのだろう。

でも、もったいないからと我慢するのにも、限界ってあるものだ。

「どうして辞めちゃったの？」

素朴な感じで聞いてくる寺尾さんに、なんて返すのが無難なのか考えたけれど、うまい返しが浮かばなかった。色々あって。そんな風にごまかすのが一番だと分かっていても、つい、本音が口から零れていた。

「上司が厭な奴で、ずっと我慢してたんですけど、ひどいことを話してるのを聞いちゃって…キレちゃったんですよね」

「ひどいことって？」

「その上司のせいで辞めた先輩の悪口と、私が結婚してすぐに夫を亡くしたのはさげまんだからだって」

編集長の話を聞いてしまったのは偶然だった。編集部のあるフロアとは別の階の休憩室で、たまたま別の部署に異動になった後輩と話をしていた時、編集長の声が聞こえてきた。そんなところに私がいるとは思っていなかったのだろう。知り合いに愚痴を零す形で、編集部内の部下たちが働かないとぼやいていた。

彼からは見えないところにいた私と後輩は、顔を青くして話を聞いた。編集長は出入り口近くにいたので、出るに出られなかったのだ。

愚痴は続き、私の話になり、「あいつの旦那が死んだのはあいつがさげまんだから」と、とんでもない暴言を吐いた。私よりも後輩の方が動揺してしまい、可哀想なくらいだった。

編集長の人格に問題があるのは承知の上で、だからこそ、彼が異動して来てからずっと部内は揉めていて、長田さんは転職せざるを得なくなった。自分がさげまんだと言われたのは、ショックではあったが、怒りを爆発させるほどではなかった。

だから、後輩にも肩を竦めて見せる余裕があったのだが、続けて長田さんの名前が聞こえてきて、眉を顰めた。

辞めた長田ってのも二股かけられて婚約破棄したんだぞ？　呪われてないか、あの部署。

笑い声の滲む揶揄に、思わず拳を握った。なんで、長田さんが関係あるのか。結婚式に出席する予定だった私に、泣きながら詫びた長田さんの姿を思い出したら、ずっと溜め込んでいた怒りが腹の底から顔を覗かせた。

長田さんは悪くなかった。彼氏を疑うなんてしていなくて、本当にしあわせそうだったのに。

浮気されそうな顔をしてたんだよな。そんな一言が決定打となり、私は立ち上がって編集長の元へ駆け寄り、殴りかかったのだった。

まあ…今思えば、なんであんな真似をしてしまったのかという愚行であったのは事実なのだが。

「許せなかったんですよね…」

「そうね」

「…!?」

呟いた私に対し、寺尾さんはあっさり同意した。てっきり、それでも我慢しなきゃと言われると思っていたので、意外だった。

目を丸くする私に、寺尾さんは真面目な顔で、

「二胡ちゃんはさげまんなんかじゃないわよ」

と、鼻息荒く否定した。私を子供の頃から知っている寺尾さんは、私の悪口に敏感に反応したらしかった。辞めちゃ駄目だった、我慢しなきゃ、もったいないと言ったばかりなのに、そんなひどいことを言う人がいるなんて信じられないと憤る。

「それは辞めて当然だわ。大丈夫。二胡ちゃんならもっといいところが見つかるわよ」

「ありがとうございます」

掌返しに苦笑しつつ、私を大事に思ってくれている寺尾さんに感謝する。貰ってばかりでお返しが出来ないのを詫びる私に、寺尾さんは世間話をしに来ているだけなので、気にしないでと言った。

「お母さんがいた時はね、もっと長く話し込んでたのよ」

「そうだったんですか」

「いっそ、二人で喫茶店にでもしちゃおうかとか…。リハビリ、頑張ってるみたいだから、

早く戻ってきてくれるのを願ってるわ」

寺尾さんは母とメールのやりとりを頻繁にしているので、私よりも母の様子に詳しい。こういう友達が母にいてくれてよかった。

帰る寺尾さんを見送る為に店の外へ出るとびゅうっと風が吹き抜けた。空気も生ぬるい。

「台風が来てるんでしょ。昨日もすごい雨だったし、怖いわね」

「そうですね。今晩は雨戸とか、閉めた方がいいでしょうか」

「もちろんよ。二胡ちゃん一人じゃないし、大丈夫だと思うけど、気をつけてね」

寺尾さんの言葉に頷き、帰っていく背中を見送る。変わらないように見えるけれど、幾分か歳をとったように感じられる後ろ姿を眺めながら、長田さんのことを考えていた。

やっぱり長田さんは私が退職した理由を聞いたんじゃないか。長田さんには編集長と揉めてつい殴りかかってしまったとしか話していなかったけれど、一緒にいた後輩は私が長田さんへの悪口に反応したのを知っている。彼女と長田さんは面識もあるし、話が伝わっていてもおかしくない。

長田さんが私の退職に責任があると考えて、仕事を探してくれているのだったら…。それは違うと話さなきゃいけないな。長田さんのことは単なるきっかけで、殴りかかるまでに至ったのは鬱憤が溜まっていたからだ。長田さんのせいじゃない。

本当に義理堅い人だからなあと、長田さんのことを考えながら、小さく息を吐いた時。

「……!」

目の前を猫が横切った。黒猫だから、うちへ来ていた猫とは違うけれど、どきっとした。野良猫なのか家猫なのか分からないけど、こんな時間に猫を見かけるなんて初めてだ。もしかすると、猫も台風が来るのを察して、避難先を探しているのかな。

空を見上げると、雲がすごい勢いで動いているのが分かる。上空ではかなり強い風が吹いているようだ。あの猫は今もうちのどこかに隠れているんだろうか。猫繋（つな）がりで思い出してしまったら、ごめんと謝った明澄の神妙な顔が頭の中に浮かんだ。

雨風が強まってきたら、猫はどうするんだろう。一度、そんな風に考えてしまったら、心配してもどうしようもないのに、頭から猫のことが消えなくなってしまった。

スマホのアプリで台風の位置や進路予報を確認してみると、関東直撃コースは免れないようだと分かって憂鬱になる。自分や明澄だけなら台風が過ぎ去るまで家に籠もっているだけで済むのだが。

この前も嵐だったけど、台風となると、もっと激しい雨風が続く可能性もある。保護なんて無理だと諦めたはずなのに、つい、スマホで「猫の保護の仕方」を検索してしまっていた。

　出てきた記事を夢中で読んでいると。

「二胡ちゃん」

「わっ」

　突然、明澄の声がして跳び上がる。集中していたから、自宅側からの引き戸が開く音も聞こえていなかった。

「ごめん。驚かせた？」

「いや、こっちこそ」

　私の方こそ大きな声を上げてしまったと詫び、「お帰り」と声をかける。朝から出かけていた明澄に、台風が来ているので遅くならないようにした方がいいと、メールを打とうと思っていた。

「雨、降ってた？」

「まだだけど、いつ降り出してもおかしくない感じだよ。風、強いし。電車がとまるかもしれないから早く帰れって休講になったんだ」

　学校としては正しい判断だ。公共交通機関が混乱する前に帰ってこられてよかった。明日は状況次第で、朝から計画運休になるかもしれないと駅にお知らせが張ってあったという。

そんな非常時に店を開けていても仕方ない。早仕舞いにすると言い、シャッターを閉めに向かう。明澄もついてきて、戸締りを手伝ってくれた。

「すごい風だな。二胡ちゃん、この庇って大丈夫かな？」

「心配だよね。閉じることとか出来ないし…」

何とか耐えてくれるのを祈るしかない…と不安な思いで、古びた庇を眺める。寺尾さんが帰ってから数時間で、急速に天候が悪化していた。空に浮かんでいる雲が流れていってるなあ程度だったのが、暗雲渦を巻く、みたいになっている。

シャッターを閉めてロックし、引き戸も施錠する。店内の照明や空調を消して自宅側へ戻ると、二階へ上がり、雨戸を閉めた。

一階で雨戸が閉められるのは明澄の部屋だけだ。雨が降り出す前に閉めた方がいいと教えようと思い、明澄の部屋に行きかけたところ、台所に人影が見えた。

そっちにいるのかと、廊下から台所に入ると。

「……」

明澄は勝手口の前に立っていた。何かしている風でもない。たぶん、猫を心配しているのだろう。

その気持ちはものすごくよく分かる。この前の嵐よりも激しい風雨になりそうなのだ。外にいる猫は大丈夫なのかと考えずにはいられない。

でも…可哀想という気持ちだけで、また家に入れようとして失敗して…怪我したりしたら。

家に入れたあとのことだって考えなきゃいけない。天候が回復したら外へ出してやる？　それでいいのかな。また台風が来たらどうするのか。

こんなことを繰り返すのなら。

「明澄」

勝手口を開けることもせず、ぼんやり立っていた明澄の背中に呼びかけると、小さく震えた。私が背後にいるのに気づいていなかったらしい。

ゆっくり振り返った明澄は、なんとも言い難い表情を浮かべていた。苦しそうというか泣きそうというか。困っているのだということだけはよく分かる。

もしも近くに猫がいるのなら家に入れてやりたい。けれど、そうは言えない。言ってはいけないと分かっている。そんな顔だ。

「決めよう」

沈黙していた明澄は、私が突然口にした言葉の意味が分からなかったようだ。「何を？」と不思議そうに問い返す。

「あの猫を飼うか、飼わないか」

二択を突きつけた私に、明澄は目を見開いた。私が怪我をして以降、猫の存在には触れないという暗黙の了解が出来た。猫の鳴き声もしなかったし、どこかへ行ってしまったのだろうと考えていた。

それが昨日、詩ちゃんが猫を見つけて、まだいるのが分かってしまったので、こうしてお互いが気にかけているわけだ。今日をやり過ごしても、また豪雨だったり雷だったり台風だったりという悪天候になれば、私たちは猫を心配するだろう。こんなことを繰り返すのはよくない。

なんとなくの取り決めじゃなくて、ちゃんと決めよう。感情的に衝動的に動いて何とかなる類いのことじゃない。相手は命だ。どんな経緯であっても、生き物を飼うのなら、死ぬまで面倒を見る覚悟が必要だ。

「こんな風に天気が悪くなる度にもやもやするのはよくないよ。台風が来るのに外にいて大丈夫かなって心配してるんでしょ？」

「そう…だけど…」

「私一人なら、飼うのは諦める。今は無職だし、ここでずっと暮らすつもりはないし、動物を飼うなんて無理だと思うから」

「それは…僕だって同じだよ。学生だし…」

「でも、二人なら分け合えるでしょう」

世話をするのも、経済的な負担も、将来のことも。二人で飼うと決めたなら、責任を分かち合うことが出来る。

「私たちはいずれここを出ていく時が来るよね？　その時、猫にとって最善の方法を一緒に考えてくれるつもりがある？」

「…うん」

明澄は迷うことなく、深く頷き、ぎゅっと唇を引き結んだ。いつかこの借りぐらしが終わる時、猫を押しつけ合うような真似だけは避けたい。そんな私の気持ちをしっかり分かってくれている様子の明澄に、安堵して笑みを浮かべた。

「だったら、飼おう。一緒に」

「だけどさ、二胡ちゃん。捕まえられるの？」

そもそも近くにいるのかどうかも分からないと言う明澄に、確かに…と頷きかけた時だ。

「ナア」

「……!!」

外から猫の鳴き声が聞こえ、私たちは顔を見合わせる。タイミング良すぎない？　やっぱりあの猫には私たちの話が聞こえているんじゃないかという疑惑が深まった。

慌てて外へ出ようとする明澄を引き留め、私はスマホを手に取った。このまま外に出たところで、前回の過ちを繰り返すだけだ。

飼うと決めたのだから、絶対に捕まえる。確実な方法を相談する為に長田さんに電話をかけた。コール音が鳴り始め、間もなくして「どうしたー？」と聞く長田さんの声が聞こえた。

「すみません、今ちょっといいですか？」

『いいよ。例の件？』

「いいえ、それはまだ考えてるんですが…庭にいる猫を保護したいんです。どうしたらいいですか？」

私の問いかけを聞いた長田さんはちょっと強めに「はあ？」と言ってから、沈黙した。

その後、

『唇、引っ掻かれた猫？』

　と確認してきた。たぶん怖い顔をしているのだと声の調子から推測出来る。唇を怪我したのに病院に行かなかったのを叱られ、もう構わないと約束したのは昨日の話だ。呆れるより、怒っているに違いない長田さんに、「そうです」と神妙に返す。

『関わらない方がいいって言ったでしょ？』

「うちで飼うって決めたんです」

　だから、何とかして家に入れたいのだと真剣に訴える私に、長田さんは沈黙を返した。それでもめげずに、長田さんしか頼れる相手はいないのだと続ける。

「保護の仕方を色々検索してみたんですが、捕獲器なんてないし、猫によるみたいな曖昧な書き方も多くて…よく分からないんです。長田さんなら何かアドバイスくれるかと思って」

『私だって野良ちゃんを捕獲したことはないよ』

　渋い口調ながらも長田さんは「やめた方がいい」とは言わなかった。私の勢いが強くて、何を言っても無駄だと諦めたのかもしれない。困惑を滲ませながらも方法を考えてくれる。

『だから…どうするのがベストなのかは分からないけど…取り敢えず、にゃーるで釣ってみたら？』

「にゃーるって…」

「猫のおやつだよ」

私が繰り返した長田さんの言葉を隣で聞いていた明澄が、はっとした顔で教えてくれる。この間、買ったおやつの名前だ…と言い、自分の部屋へ走って行った。そうか。明澄が友達に勧められて買ってきたおやつだ。

「にゃーる、あります。それをどうしたら…」

『猫が入りやすいドアを開けておいて、猫を見つけたらにゃーるを餌にして、ちょこっとずつ家の中におびき寄せるようにするの。甥っ子って、今、いる？』

「はい」

『だったら、二手に分かれて、猫の尻尾まで中へ入ったらドアを閉める。閉める時に挟んだりしないように気をつけてね。うまくいくかどうかは分からないけど、うちの猫が逃げ出した時はそれでいけた』

「分かりました。やってみます」

元々、藁にも縋る思いで連絡したのだ。うまくいくかどうか分からないのは承知の上で、礼を言って通話を切った。明澄が持ってきた袋には、四本のにゃーるが入っていたので、一本ずつ持つことにした。

「勝手口のドアを開けておいて…これでおびき寄せてみたらって」

「分かった。だったら、ここにも置いておかない？　もしかしたら食べに来るかもよ」

勝手口を入った辺りに餌として置くのはどうかという明澄の提案に頷き、適当な器ににゃーるを絞り出した。においを嗅いでみると、なんともいえない独特のにおいがする。猫はこういうにおいが好きなのかと怪訝に思いながら、器を床に置く。それから玄関へ走り、突っかけを持ってきてドアを開け放した。

おびき寄せるにしてもまずは猫を見つけなくてはいけない。鳴き声が聞こえたのは確かだし、昨日は詩ちゃんがその姿を見かけている。

うちのどこかにいるに違いないと信じて外へ出ると、まだ雨は降り出していなかったけど、風が強くなっている気がした。

「私はこっちへ行くから、あんたはそっちから回って。この前はガスの給湯器の後ろにいたし、物陰に隠れたりしてるかも」

「分かった」

明澄と二手に分かれ、私は庭へ繋がる右手へ、明澄は玄関の方へ回れる左手に進んだ。

真っ先に確認したのは、先日猫を見た給湯器の裏で、同じ場所にいてくれたらと思ったけれど、その姿はなかった。残念に思いつつも、大雨で雷が鳴っていたあの日より視界が開けているし、条件はいいはずだと自分を励ます。

給湯器の周辺を入念に確認してから、犬走りに沿って庭の方へ向かった。庭といっても、店を作る際に半分潰してしまったので、洗濯物を干すスペースと小さな物置が置いてあるだけの狭いスペースだ。

隠れられる場所があるとしたら、物置の辺りで、隣の家との境界であるブロック塀との間や、その下を地べたに這うようにして捜してみたが、猫はいなかった。

「…もうどっかに行っちゃったのかな…」

確かに鳴き声は聞こえたのだが…。立ち上がって周囲を見回すと、ぽつんと顔に水滴が当たった。雨かなと思った途端、バラバラバラと大粒の雨がすごい勢いで降ってきた。

「わ…」

台風の雲がちぎれて飛んできて降らしているんじゃないかというような強い雨で、このままじゃあっという間にびしょ濡れになってしまうと思い、慌てて軒下へ入る。風も吹いているので雨を避けることは出来ず、一旦、撤退した方がよさそうだと判断した。

犬走りを伝って勝手口へ戻るまでの間にも、雨はひどくなり、バケツをひっくり返したようなという表現がぴったりの降り方になった。家の角を曲がって、勝手口のステップが見えたところで、ドアの向こう側から明澄が現れた。

「いた？」

「いない。けど、雨がすごくて傘、取りに来た」

猫は心配だけど、ずぶ濡れで捜して体調を崩すのも本末転倒だ。傘よりもレインコート的なものの方がいいんじゃないかと私が言うと、明澄は同意する。

「そうだね。僕、持ってるから取ってくる」

そう言って、先に家の中へ入ろうとした明澄は、

「あ！」

と声を上げた。頭のてっぺんから出たみたいな高い声で、驚いて明澄を見る。どうしたのと私が聞くよりも先に、明澄は勝手口のドアを勢いよく閉めた。

バタンと大きな音がして、ドアが閉まった衝撃に身を縮こまらせ、「なに？」と怪訝な思いで明澄に聞いた。

明澄は目を大きく見開き、勝手口のドアを指さして、口をパクパクさせる。

「……い……いた……」

「何が？」

「ねこ、ねこ、ねこが……！」

「……!!」

いたって…猫が？　猫が中にいたってこと？

嘘(うそ)でしょ…と驚き、咄嗟(とっさ)にドアを開けて確認しようとしたのだが、ドアノブを掴(つか)んだところで我に返った。もしも猫が飛び出てきたら？　せっかく家の中にいる猫を逃がしてしまいかねない。

ふう。落ち着け、私。深呼吸して、明澄を見る。

「本当に…いたの？」

低い声で確認する私に、明澄は無言で頭をかくかく動かして頷く。

恐らく、勝手口付近に置いたにゃーるを入れた皿に釣られて、中へ入ったのだろう。外から家の中を確認しようとしたのだが、勝手口のドアに窓はついていないし、居間の出窓から台所の方を見るのは不可能だ。同じくシンク前にある窓からも勝手口の前辺りを見ることは出来ない。

「どうしよう…」

「とにかく…本当に中にいるのかどうか、確認しなきゃ」

玄関から家の中に入ろうと提案し、明澄と共に犬走りを伝って西側の方へ出た。顔に当たる雨粒を手で避けつつ、前を歩く明澄に声を大きくして尋ねる。

「窓って全部閉めてあるよね？」

「そのはず」

「だったら、出られないよね？」

「うん」

　いわゆる密室状態なのだから、勝手口付近から動いたとしても、家のどこかにはいるはずだ。玄関へ着くと、引き戸の前で二人並んで深呼吸した。

「出てくるかもしれないから慎重に開けよう」

「うん。僕、下の方を見てるね」

　猫は小さいから、足下をすり抜けて出ていってしまう可能性がある。明澄はその場にしゃがみ込み、出てくるかもしれない猫に備えた。恐る恐る引き戸を開け、猫がいないのを確認してから、二人で玄関内へ入る。

「鍵かけてなくてよかったよ」

「本当に。しゃれにならなかったよね」

「まだ台所にいるかな？」

「分からないけど、一応、ここは鍵をかけておこう」

　猫が引き戸を開けられるのかどうかは分からないけど、万が一の可能性は全て排除したい。施錠してから突っかけを脱ぎ、そろそろと廊下を進む。台所と居間に続く引き戸は開け放してあったので、もしかしたらそこから出て他の場所に行ってしまっているかもしれなかったけれど、戸に隠れて覗(のぞ)いてみたところ。

「猫……！」

「いた……！」

勝手口近くに座っている猫を見つけ、私も明澄も思わず大きな声を出してしまった。

猫はその声に驚き、入ってきたドアの側に近付いて、出られないかとうろうろする。私と明澄はびっくりさせてしまったのを反省しつつ、廊下から中へ入って、キッチンカウンターの陰に身を潜めた。

二人で並んで座り、よかったと息を吐く。本当によかった……。

「にゃーるを置いといたのは正解だったんじゃない？」

「すごいね。にゃーるって」

「雨がすごくなってきたから見つけられなかったらどうしようって焦ってたのよ。あーよかった……」

「ほっとしたね」

レインコートを着てでも猫を捜すつもりでいた明澄は、ふうと息を吐いて胸を押さえた。

それから、「どうする？」と私に聞いてくる。

どうするって……。

「どうしよう？」

とにかく雨風がひどくなる前に猫を家に入れてあげなきゃという一心だったから、入れた後のことは考えていなかった。質問に質問で返す私に、明澄は長田さんの名前をあげる。

「長田さんに聞いてみない？」

「そうだ。そうだね……」

保護出来たっていう報告もしないと。ポケットに入れていたスマホを取り出し、長田さんに電話をかけてみたが、残念ながら繋がらなかった。

「出ないからメールしておく。気づいたら連絡くれると思う」

「僕、もう一度、家の中の戸締まりを確認してくるよ。家から出られたら困るから」

確かにその通りで、明澄に「お願い」と点検を頼み、長田さんにメールを打った。猫を保護出来たのだけど、これからどうしたらいいか分からないので、電話ください。用件だけを伝える短いメールを送信してから、四つん這いで移動し、カウンターの陰から猫の様子を確認する。

「……」

猫はさっきと同じドアの前にいて、私と目が合うとシャーと鳴いて威嚇した。いかにも怒ってる感じで、「ごめん」と謝って慌てて元の場所に戻る。

猫にしてみればにおいに釣られて何気なく入ったところ、出られなくなったのだから、怒り心頭に発するって感じなんだろう。でも、こんな天気の中、外にいるよりも、絶対いい。

分かってくれないかなあと思っていると、点検を終えた明澄が戻ってきた。猫の視界に入らないよう、身を屈めて近付いてきた明澄は、さっきと同じ位置に腰を下ろす。

「窓とかドアとか、全部閉まってるかどうか見てきた。大丈夫。あそこから動いたとしても外には出られないよ」

「ありがとう」

「まだいる？」

「覗いたらシャーってされた」

私の話を聞いて、明澄は「本当？」と呟き、カウンターの陰から猫を覗く。私と同様に、猫にシャーと威嚇された明澄は、すごすごと戻ってきた。

「怒ってるね…」

「まあ、仕方ないよね」

「長田さんから連絡あった？」

まだ…と首を振り、スマホを見る。電話もメールも入っていない。私の返事を聞いた明澄は「そうだ」と何かを思いついたような声を上げた。

自分のスマホを取り出し、しゃがんだままカウンターの端っこへ躙（にじ）り寄っていく。猫に姿を見られないように腕だけを伸ばして、写真を撮る。何回かシャッター音が聞こえた後、戻ってきた明澄は、撮影したばかりの猫の写真を選び、メールを打ち始めた。

「誰かに送るの？」

「洞ヶ瀬詩さん」

「えっ」

どうして詩ちゃんに？　ていうか、なんでメアド、知ってるの？　いつの間に…と驚く私に、前に駅で会った時にSNSのアカウントを交換しあったのだと言う。

「前って…昨日じゃなくて？」

「うん。いつだったかな…二胡ちゃんが鯛焼（たいや）き買ってきてくれた後だよ」

そんな話、しなかったじゃない…と言うのもおかしな気がして、どうして詩ちゃんに写真を送るのかと聞いてみた。

「洞ヶ瀬詩さんも猫を飼ってるから、アドバイスが貰（もら）えるかと思って」

「そっか」

詩ちゃんは昨日、猫を見かけてもいる。この天気で心配していたかもしれないし、うちに入れたと聞いたら喜んでくれるだろう。

明澄がメールを送った後、撮影した猫の写真を見せて貰った。外にいた時はなんとなくしか見ていなかったし、実物を見るとシャーとされるので、ゆっくり観察出来ない。でも、写真ならまじまじと見られる。なんとなく黒っぽい縞(しま)模様だと思っていたが、お腹(なか)や胸の辺りは白かった。尻尾は長く、しましま模様で先が黒い。

そして。

「なんか…ちょっと小さいね」

「小柄なのかな」

私にとって一番身近な猫は長田さん家のカカシだが、それよりもかなり小さい気がした。この前、詩ちゃんが見せてくれたこむぎも、この子よりもっと大きかったはずだ。猫でも個体差ってあるだろうから、明澄の言うように、小柄な子なのだろう。こんな小さな子が外で生きていくのは大変だ。ご立腹ではあろうが、何とか気を落ち着かせて…。

「名前…どうしようね」

「……」

飼い猫として…とか、考えていた私は、明澄が唐突に呟いた言葉に唖然(あぜん)とした。名前って…。

いや、まだそれどころの話じゃないんじゃない？　怪訝に思って明澄を見ると、「だって」と続ける。

「僕はノラミって呼んでたけど、もっと可愛い名前の方がよくない？」

「……」

「でも…女の子かどうか分からないよね」

「……」

「どっちなんだと思う？」

名前も性別も、私は全く考えていなかったから、返す言葉がなかった。優先順位が違うんじゃない？　シャーと威嚇する猫をなだめて、うちに慣れて貰うのが先なのでは？

そんなことよりも先に考えなきゃいけないことがあるでしょう…と、ちょっとした苛立ちを覚えて説教しかけた時、不意に徹さんの声が頭の中で蘇った。

二人で同じ方向を見てたらしんどくなる時ってあると思うんです。

そういう時は違う考えを提案するけれど、俺は絶対に二胡さんの味方だっていうのだけは忘れないで下さい。

「……」

なんで思い出したのか分からなかったけど、しっかり覚えている徹さんの言葉は、小さな苛立ちをすぐに消してくれた。

そうだよ。その通りだよ。息を長く吸って、気持ちを落ち着ける。

「どっち…」

だろうね…と相槌を打ちかけた時、明澄のスマホが鳴った。画面に浮かんだ文面を読んだ明澄は、「二胡ちゃん」と呼びかけてくる。

「洞ヶ瀬詩さんがうちに来たいって。猫用のグッズを持って来てくれるんだって」

「えっ」

いや、それは有り難いけど、外は雨が降っていて、風も吹いていて、何より台風が近付いてきているような悪天候だ。猫よりも詩ちゃんの安全を優先すべきで、遠慮した方がいいと明澄に伝えた。

明澄も頷き、断りのメールを入れると言う。

「まさか来てくれるなんて言い出すと思ってなかったから…」

相談したのがまずかったのかも…と反省する明澄に、メールで出来ることを聞いてみるようにアドバイスしようとしたら、私のスマホが鳴り始めた。相手は長田さんで、すぐに出る。

「はい…」

『猫沢？　保護出来てよかったね！　あと十五分くらいでそっちに着くから、玄関の前まで出てきて』

「えっ…着くって…」

『今、タクシーでそっちに向かってる』

「ええっ!?」

そっちって…うちのこと？　どういうことなんだろう。長田さんは電話に出られない状況にあるのだろうからと思い、事情をメールしておいたのだが。

「ま、待ってください。タクシーって…なんで…」

『電話貰った後、すぐに家に戻ってタクシー呼んだのよ。天気悪いし、荷物多いから…』

「荷物って？」

『猫沢のところ、猫グッズ、何もないでしょ。トイレとか猫砂とかフードとか。保護出来るかどうかは分からなかったけど、必要だと思ってさ。よかったよ。保護出来て』

「長田さん…」

『荷物渡したら、そのままタクシーで帰るつもりだから。取りに出てきて欲しいの』

長田さんの意図を理解し、「分かりました」と返事をする。通話の切れたスマホを下ろすと、明澄が「長田さん？」と聞いてきた。

「うん。うちに来るって」

「えっ」

「猫のトイレとか、色々、持ってきてくれるみたい」

「こんな雨の中？」

「タクシーで来るんだって」

ええ〜…と引き気味の声を出す明澄の気持ちはよく分かる。私もこんなことまでして貰うつもりはなかった。電話でアドバイスを聞けたらって…。

そうだ。詩ちゃんは…。

「詩ちゃんは？　メールした？」

「うん」

うちに来たいという話には断りを入れたという明澄にほっとし、長田さんから荷物を受け取る為に外でタクシーを待つと伝える。明澄は自分も…と言い、二人で立ち上がった。

勝手口前にいる猫の姿を確認し、台所と繋がっている居間からも出られないように、廊下との間にある引き戸を全て閉める。鍵はかけられないけど、あんな小さな子だから開けられはしないだろう。

玄関から外へ出ると、雨はまだ降っていたが、降り方がだいぶ弱くなっていた。風はあっても小雨程度で、玄関前にせり出た庇でもしのげるくらいの降りだ。

「長田さんって何処に住んでるの？」

「三軒茶屋」

「…って遠い？」

「車だと…二十分くらいかな」

夕方近いし、台風の影響も出てくるだろうから、帰りはもっとかかるかもしれない。こんな悪天候の中、長田さんをわざわざ外出させるなんて…。申し訳ない気分で溜め息を漏らす。

「まさか来てくれるなんて、思わなかったのよ…」

「いい人だよね。長田さん。さすが二胡ちゃんの先輩だ」

「私は関係なくない？」

「あるよ。二胡ちゃんだから来てくれるんだって」

そうかな。でも、逆の立場だったら、私もタクシー飛ばしているだろうから、そうなのかもしれないな。

せめて、タクシーなのが救いだ。素早く荷物を受け取ってすぐに帰って貰おう。タクシ

━代は今度、違う形で返して…と考えていると、人の話し声が聞こえ、近付いてくる気配がした。

駅から帰る人かなと思ったけど方向が逆で、なんだろうと思って門扉の向こうを見てみると、傘が二つ並んでいた。

そして。

「あ！　猫沢さん！」

「えっ⁉」

「洞ヶ瀬詩さん⁉」

詩ちゃんの声が聞こえて、明澄と同時に声を上げた。明澄は断ったと言っていたのにどうして…と慌てて、玄関前から続くステップを下り、門扉を開ける。

その時、詩ちゃんの斜め後ろに人影が見えた。二つ並んでいた傘のもう一つを差していたのは、眼鏡をかけた色白の女性で、私と目が合うと笑みを浮かべて会釈した。

「突然、押しかけてしまってすみません。詩の母です」

「ええっ」

なんか驚いてばかりなんだけど。まさかお母さんと来るなんて、思ってもいなくて、ぺこぺこ頭を下げて謝った。

「すみません！　こんな…ご迷惑おかけして…」

「僕がメールなんかしたせいです。すみませんでした！」

明澄と二人で深く頭を下げて謝ると、お母さんは「いえいえ！」と大きな声で否定した。傘が揺れるくらい首を振って、詩ちゃんから話を聞いて、行こうと提案したのは自分なのだと明かす。

「猫ちゃんを保護されたと聞いて…いてもたってもいられず…。こちらこそ、お気を遣わせてすみません」

「これ、使ってください」

お母さんの横から詩ちゃんが差し出したエコバッグを明澄が受け取る。中には猫を飼うのに必要なグッズ…猫砂やペットシーツ、簡易トイレなどが入っているのだと言う。

「うちの猫の非常時用にストックしているものなんです。これで当座はしのげると思います。猫を飼ったことがないと聞いたので…」

「あ…りがとうございます…」

何もないだろうと心配してきって来てくれたなんて、本当にありがたい。ありがたい…のだが。

もうすぐ到着予定の長田さんも、恐らく同じような物資を持ってきてくれるはずだ。長田さんにも詩ちゃんにも、ちょっとしたアドバイスをメールなり電話なりで聞けたらと思っていただけなのに。

両方とも、直接物資を持ってきてくれるなんて…親切過ぎると感動していると、家の前にタクシーが停まった。長田さんだ。

後部座席のドアが開き、降りてきた長田さんは両手に大きな紙袋を提げていた。

「猫沢…！」

「長田さん…！」

私に呼びかけた長田さんは、その場に私以外の人間が三人もいるのに気づき、目を丸くした。明澄はともかく、詩ちゃん親子は想定外だろう。私もだ。

駆け寄った私に、長田さんは声を潜めて「どちら様？」と聞いた。詩ちゃんとの出会いが特殊過ぎるせいもあって説明に窮し、詩ちゃんと歳の近い明澄の名前を借りることにした。

「明澄の友達とそのお母さんです。近所に住んでて…猫を飼ってらっしゃるので、長田さんと同じく心配して色々持ってきて下さったんです」

「そうなの？　もしかして被った？」

「すみません…」

「いやいや。ありがたいじゃないの！」

　申し訳なく思って謝る私に、長田さんはそんな必要はないと言って首を振った。両手の荷物を私に押しつけるようにして渡し、詩ちゃん親子に近付く。

「こんにちは！　初めまして、私、猫沢の友人で、猫を保護したと聞いて色々持ってきたんですが、タクシーを待たせてるのですぐに帰らなきゃいけないんです。トイレとか何も分からないと思うんで、ちょっと面倒を見てやってくれませんか？」

「ええ、ええ、もちろんです」

　長田さんが手短に状況を説明し、世話を頼むと、初対面にもかかわらず、お母さんは快く引き受けた。二人からは連帯感が感じられ、「猫好き」という共通項の強さを目の当たりにする。

「じゃ、猫沢。頑張ってね。また連絡するわ」

「ありがとうございました。気をつけて」

　詩ちゃん親子に「よろしくお願いします」と声をかけ、長田さんは再びタクシーに乗り込む。車が走り去ると、詩ちゃんのお母さんが屋根のあるところで話さないかと持ちかけてきた。

「お二人とも、濡(ぬ)れてしまいますし」

玄関前の庇の下から飛び出ていた私と明澄は傘を差していなくて、小雨になっているとはいえ、しっとり濡れてしまっている。それを心配してくれるお母さんに失礼を詫びて、家の中に入ってくださいとお願いした。

勝手口前にいる猫が出られないよう、台所から廊下に出られる戸は全て閉めてある。なので、さほど慎重を期すことなく玄関の引き戸を開けて、詩ちゃん親子を招き入れた。スリッパを出して勧め、こちらですと台所へ案内する。

台所と居間は繋がっていて、廊下に出られる出入り口は二カ所ある。台所側の引き戸から入ることにして、猫が飛び出してくるのを警戒しながらそっと開け、中を覗く。近くに猫の姿はなかったので、四人で室内へ入り、引き戸を閉めた。

猫はまだ勝手口の前にいて、ちんまりと座っていた。前脚を隠して座る、香箱座りというやつだ。私たちを見たらまたシャーと怒るかなと思ったけれど、さっきより落ち着いたのか、詩ちゃん親子がいるせいなのか、きょとんとした顔で見るだけだった。

「可愛い！」

「まだ子猫ですね？」

猫を見て声を上げた詩ちゃんに続けて、お母さんが発した言葉に、私と明澄は顔を見合わせた。私たちは子猫だとは、全く思っていなかったのだ。

「え…あれ、子猫なんですか？」

「だと思います」

「小柄な猫かと思ってた…」

長田さんの猫や、詩ちゃんが写真を見せてくれた猫よりも、小さいなあという感想は抱いていたのだが、まさか、子猫だったとは。

子猫っていうと…もっと小さいイメージがあったんだけど。

「子猫っていうか、成猫と子猫の中間あたりというか…半年くらいは経ってると思います」

そうか。子猫から大人の猫になる間くらいで、だから、小柄に思えたんだ。まだ成長中ってやつなんだ。

なるほど…と納得し、お母さんの知識に感心する。さすが長年猫を飼っているだけある。

子猫の様子を確認出来たので、場所を居間の方へ移して、長田さんが持ってきてくれた物資と、詩ちゃん親子が持ってきてくれた物資を並べて確認した。

猫用のトイレに、猫砂、ペットシーツ。キャットフードとフード入れに、おやつ、おもちゃ。トイレは長田さんが持ってきてくれたものの方が使い勝手がよさそうだとお母さんが判断した。

「うちの簡易トイレよりしっかりしてますから、こっちを使いましょう。…この辺に置いてもいいですか？」

「はい。大丈夫です」

「フードはまだ子猫用のものがいいと思うんですが、成猫用のものでも大丈夫ですからあげてみて下さい」

「子猫用のフードを購入した方がいいんですね？」

「だと思います。その辺は先生に…そうなんです。本当はすぐに動物病院で診て貰った方がいいんですよね…。体重量って、栄養状態や病気のチェックとか、寄生虫の検査にワクチンも必要ですし」

ただ、生憎の天気なので…とお母さんは表情を曇らせる。さっき外にいた時は雨風が弱まっているようだったが、台風だし、いつ強まるかもしれない中で、猫を連れて病院に行くというのはかなりリスキーだろう。

明日には行けるかなと明澄に話しかけると、スマホで天気予報を確認し、台風の動きは早くなっていて、明日の午後には抜けそうだと言った。

「だったら、行けるかな」

「でも、動物病院って近くにあるの？」

「よかったらうちの猫を連れて行ってる獣医さんに行ってみて下さい。あとで詩に場所をメールさせます。先生、親切で保護猫の活動も支援してる方なので、ちゃんと診てくれると思います」

「ありがとうございます…！」

　動物病院まで教えてくれるお母さんは女神なのでは？　有り難さに涙が出そうだったのに、更に詩ちゃんが、

「病院へ連れて行く時にはこれを使ってください」

　と、申し出た。これ…というのは、詩ちゃんが背負っていたリュックで、背中から下ろしてペットを運べるキャリーバッグなのだと説明してくれる。

「これが？」

「ここから…猫ちゃんを入れます。メッシュになってるので、中も見えますし、空気も入ります」

「すごい…。こういうものがあるんですね」

　猫や犬を持ち運べるキャリーバッグというのは見かけたことがあるが、背負えるタイプ

までであるなんて。便利だなと感心していると、明澄が素朴だが重要な疑問を口にした。

「でもさ。ここにどうやって入れるの？」

「……」

だよね。それ、一番の問題かもしれないね…。捕まえようとして引っ掻かれた私としては古傷がうずくような。

明澄も嵐の日の事件を思い出したようで二人で沈黙してしまう。私たちから憂いを感じたお母さんは苦笑して、自分が一度試してみると言った。

「大丈夫ですか？　私、この前、引っ掻かれて…」

「見た感じ、おとなしそうな子なので大丈夫だと思います。暴れる子だったら、あんなところでじっとしてませんよ。シャーフー威嚇しまくってるでしょうし」

私も明澄もシャーとされたけど、詩ちゃんとお母さんにはしていない。おとなしい…のかな？　他の子をよく知らないだけになんとも言えなくて、お母さんの行動を見守ることにした。

お母さんは持参したおやつを持って、勝手口の方へ近付いていった。私と明澄と詩ちゃんは、猫には見えない位置から様子を窺う。

「にゃーるだよー。食べるー？」

優しい声で猫に話しかけながら、お母さんはにゃーるを持った手を伸ばし、しゃがんだまま反応を見つつにじり寄っていく。猫はお母さんを怪訝(けげん)そうに見ていたが、シャーと威嚇することはなかった。

それよりもにゃーるのにおいが気になるようで、首を伸ばす仕草を見せる。お母さんはそれを見て、更に腕を伸ばして、にゃーるの先端を猫の鼻先に近付けた。すぐ近くまできたにゃーるを猫がひと舐(な)めする。それをきっかけにすごい速さでぺろぺろと舌を動かし、夢中でにゃーるを舐め始めた。

「にゃーる、美味(おい)しいねえ。いい子だねえ」

「すごい…がっついてる…」

「あんなに食べるなんて、猫が好きな成分とかが入ってるの？」

パッケージまで噛(か)みつきかねない勢いだ。あんなに猫を夢中にさせるなんて、何で出来ているのか。詩ちゃんに聞いてみると、笑って肩を竦(すく)めた。

「分からないですけど、こむぎもにゃーる大好きですよ」

洞ヶ瀬家の猫、こむぎくんもにゃーるが大好物で、「にゃーるだよ」というだけで近付いてくるほどだという。猫っておやつの名前まで分かるものなの？　私が驚愕(きょうがく)している間に、猫はにゃーるを食べ終えていた。

「終わりね。いい子いい子」

お母さんはにゃーるを食べ終えて満足げな猫にそっと触れ、いい子と褒めながら撫でた。

猫は気持ちよさそうに目を細め、撫でられるがままになっている。

「にゃーるもよく食べるし、触らせてくれるし…やっぱりおとなしい、いい子ですよ」

猫にもいい子だねえ…と褒めて、お母さんは両手で優しく猫を抱き上げた。自分の膝にのせる際、猫の身体を確認して「女の子ですね」と教えてくれる。

「どうして分かるんですか？」

「たまたまがないので」

おお。そうか。そうだよね。単純と言えば単純な確認方法に感心する私の隣で、明澄は「女の子！」と小さく呟いて拳を握り締めた。ノラミと呼んでいた自分の直感が正しかったのを喜んでいるのだろう。

お母さんは膝にのせた猫を撫でながら、女の子なら飼いやすいと思うと言った。

「明日も、こんな感じでにゃーるをあげて、満足したところでキャリーバッグに入れてみて下さい」

「分かりました…」

お母さんは簡単そうに猫を膝にのせたりしているが、私と明澄に出来るかどうか。ハードルは高そうだけど、飼うと決めた以上、何とかするしかない。明澄を見て、「頑張ろう」と言うと、力強く頷いた。

　お母さんが膝から下ろすと、猫は床の上で丸まり、眠り始めた。おやつでお腹が膨れたのか、お母さんに撫でて貰って満足したのかくるんと尻尾を巻き付け、寝ている姿はものすごく可愛い。

「わあ…寝ちゃった」

「写真…写真、撮らせて下さい」

「僕も撮る」

　SNS世代の二人はなんでもスマホで写真を撮らなければならないらしい。詩ちゃんと明澄が眠った猫の写真を何枚も撮っている間に、お母さんは私にいらないバスタオルとかはあるかと聞いた。

「しばらくあそこから動かないかもしれないので、バスタオルなんかを敷いてあげると、その上で寝ると思いますから。ベッドは予備がなくて持ってこられなかったので」

「分かりました。用意します」

　タオルをベッド代わりにするんだ。ベッドを早いうちに買ってあげなくては。でも、トイレはあるし、フードもおやつもある。雨も風も当たらなくて、ぐっすり眠れるのなら、猫もここがいい場所だって分かってくれるだろう。

落ち着いて眠っている猫を確認した詩ちゃんとお母さんは、目的を果たしたので帰りますと言った。何のお構いもしませんで…と恐縮しつつ、それどころではないのを思い出す。

「すみません。わざわざ来て貰ったのに…バタバタと…。台風じゃなかったら、お茶でもお出しするんですが…」

「とんでもない。何かあったらいつでもいいので連絡ください。近いので。うち」

詩ちゃんが小さい時に、お母さんも店に来てくれたことがあったらしい。突然、ノートがないとか言われた時便利だったと教えてくれる。

「駅まで行かなくても用が済むので助かってました。猫沢文具店(ねこさわぶんぐてん)っていうくらいだから、猫を飼ってるのかなと思ってたんですが、名字だったんですね。詩に聞いて驚きました」

「そうなんです。猫沢なのに、猫を飼ったことがない初心者でして…」

これからも色々教えて下さいと頼みながら、二人と一緒に玄関を出る。幸い、雨は小降りのままで、今のうちに帰りますと言うお母さんと詩ちゃんに、改めて感謝を伝えた。

「本当にありがとうございました。またお礼させてください」

「お礼なんてとんでもない。感謝しているのはこちらの方ですよ」

「…？」

なんでお母さんが私に感謝するのかな？　不思議に思って首を傾げると。

「こんな日は外にいる野良ちゃんが心配で…一匹でも保護していただけると本当に嬉しいんです」

「自分の猫じゃなくてもですか？」

主語が大きいのではと怪訝に思う気持ちが顔に出ていたらしい。お母さんは苦笑して、「そうですよね」とおかしく思われる気持ちは分かると続けた。

「つい、うちの猫だけじゃなくて、全ての猫がしあわせでいて欲しいって思っちゃうんですよ。今もどこかでじっとして怖い思いをしながら台風が過ぎるのを待ってる野良ちゃんたちがいるわけで、そういう子が素敵なおうちに迎えて貰えるような、巡り合わせがあったらなと願ってるんです」

「…なるほど…」

猫の話をするお母さんの顔はキラキラして見えて、本当に猫が好きなのだと分かった。長田さんと似ている。長田さんとお母さんはいい友達になれるんじゃないだろうか。

それに、私もあの子のことが気になって、結局、飼うと決めたわけで。いずれ猫好きの仲間入りをするのかもしれないなと思いながら、詩ちゃんとお母さんを見送った。二人の傘が見えなくなると、家へ入ろうと明澄を促した。

家に入るとお母さんに言われたタオルを探しに脱衣場へ向かい、棚にしまってあるタオルの中でよさそうなものを持って台所へ向かった。閉めてあった引き戸を開けて中へ入ると、明澄が「二胡ちゃん」と呼ぶ声がする。

「……」

明澄は居間の方にいて手招きしていた。タオルを持ったまま近付くと、ソファを見るように指をさす。

なんだろうと思って見た先には。

「あ…」

猫がソファの上に丸まって眠っていた。クッションと背もたれの間に埋もれるようにして寝ている姿は、とても気持ちよさそうで、すごく可愛い。

いつの間に移動したんだろう。猫を起こさないように気を遣って、居間の隅に座っている明澄の横に腰を下ろし、話を聞く。

「勝手口のところにいなかったから、慌てて捜したら、あそこで寝てたんだよ」

ソファで寝るなんて、賢くない？　と続ける明澄に、うんうんと頷いて同意する。勝手口前の床よりもずっといいはずで、まだ家の中に入って何時間も経っていないのに、それを分かるなんて。

賢いね、うちの猫。いい子だいい子だ…と明澄と一緒になって繰り返し、安堵していると、スマホの着信音が鳴った。明澄のスマホで、詩ちゃんからメッセージが届いたと言う。

「動物病院の住所、送ってくれた。城山通り沿いにあるらしい。午後の診察は四時からだって」

「四時までに台風、抜けるかな」

「来たとしてもひどくないといいね」

なんとか動物病院へ行けるくらいだといい…と話しながら、明澄はソファで眠っている猫の写真を撮って、お礼のメッセージと一緒に詩ちゃんに送った。詩ちゃんからはすぐに返信が来て、リズムよくやりとりしているのを微笑ましく見る。

生まれた時から小学校に上がるくらいまでの間を過ごしていたとはいえ、今の明澄には知り合いもいない土地だ。歳の近い詩ちゃんが友達になってくれるのは叔母としても嬉しい。私も詩ちゃんのお母さんという、頼れる知り合いが出来たし。

猫好きのお母さんの顔を思い浮かべて、報告しなくてはいけない相手がいるのを思い出す。スマホを取り出して長田さんに電話をかけると、間もなくして『どう？』と様子を聞く声が流れてきた。

「おかげさまで落ち着いて…今はソファで寝てます。もう、家に着きました？」

長田さんが帰ってから三十分以上経っている。普段ならとうに着いている時間だったが、長田さんはまだタクシーの中だと言う。

「えっ⁉」

『帰宅ラッシュと台風のダブルパンチで渋滞がひどくてさ。もうすぐ着くと思う』

「すみません……！」

帰りは道が混むんじゃないかと心配していたけれど、まだ帰れていないなんて。申し訳なくて謝る私に、長田さんは「それより」と話題を変える。

『トイレの使い方とか、教えて貰った？』

「はい。長田さんが持ってきてくれたのを使わせて貰うことになりました。明日、台風が過ぎたら動物病院も紹介して貰えたのだと言うと、長田さんはほっとしたように「よかった」と呟いた。

『週末にでも様子見に行くね』

「はい。迷惑かけてすみませんでした」

『迷惑なんかじゃないよ。飼うって決めたなら大事にしてあげて』

「はい…」

長田さんに返事をしながら、電話なのについ頭を下げていた。また連絡しますと言って通話を切ろうとすると、『それとさ』と長田さんが付け加える声が聞こえた。

「はい？」

『雑誌の件なんだけど』

昨日、長田さんから持ちかけられた雑誌連載については、断った方がいいかもと考えていた。長田さんが私に対して罪悪感を抱く必要はない。返事を急ぐような話をしていたし、ついでに退職のきっかけについても話そう…と考える私に、長田さんはこちらの気持ちを読んだみたいな話を始めた。

『誤解しないで欲しいんだけど、私が強引に頼んだわけじゃないからね。猫沢がこういう原稿を書けるって紹介しただけで、気に入ってくれたのは向こうだし、仕事をくれって言ったわけじゃないから』

「でも…」

『依頼してみようと思わせたのは猫沢のキャリアと実力だよ。だから、前向きに考えて』

「……」

でも…の続きを話そうとしたけれど、言葉が出てこなかった。長田さん、聞いたんですよね？　と確認すれば、苦い過去を蒸し返すような内容も口にしなきゃならなくなる。それは出来ればしたくない。

迷った末に「分かりました」と返事をして通話を切った。スマホを握ったままでいると、明澄が長田さんはまだ家に着いていないのかと聞いてくる。

「…みたい。もうすぐ着くって言ってたけど、渋滞で車が動かないんだって」

「渋滞か。まさかタクシーで駆けつけてくれるなんて思わなかったよ。長田さんと二胡ちゃんは本当に仲がいいよね」

「……」

明澄が感心したように言うのを聞き、胸の奥がじんと熱くなるのを感じた。台風が近付いているのに心配してタクシーを飛ばすなんて、向こう見ずなのかもしれない。けれど、私も長田さんがピンチだったら何が何でも駆けつける。損得なんて考える必要のない関係だと、お互いが信じていると確信出来ている。

そうだね…と小さな声で相槌を打つと、明澄が「それにさ」と続けた。

「猫が好きな人ってパワーあるなって思った。長田さんも洞ヶ瀬詩さんのお母さんも、全世界の猫を心配して、愛してそうじゃない？」

「私も思った」

うんうんと頷き、ソファで眠っている猫を見る。ふわふわで可愛くて、見ているだけでしあわせになれる。

自分が猫を飼うなんて、想像もしなかった。行き詰まってしまった人生を立て直す為に、休憩ポイントへ立ち寄るような気分で戻ってきたのに、思いがけない方向へ進んでいるみたいなんだけど。私の人生。

立て直すっていうより、新しく始められているんじゃないかな。

「ありがとう」

隣に向かって礼を言うと、明澄は不思議そうな顔で私を見た。

「何が？」

「んー……一緒に住んでくれて、かな」

「いや、お礼を言わなきゃいけないのは僕の方だよ。二胡ちゃんが一緒に住まないかって誘ってくれたおかげで、僕は色々助かったし……猫も飼えるし、うん、本当にお礼を言いたいのは僕の方だから」

ありがとう……と言う明澄に、笑みを浮かべて頷き、お互いがそう思えているのならよかったとほっとした。

一人で暮らしていたらトラブルを抱え込むこともなく、気楽にやれていたのにと後悔に似た思いを持ったりもしたけど、踏み出さなければ見えてこないことってあるものだ。後悔の先に何があるのかも、面倒だからと避けていたら分からない。

今はたまたま前向きになれているけど、これからうんざりすることもあるのかもしれない。一人だったらよかったと思ったりするのかもしれない。でも、確かなのは、飼うと決めた小さな命の為にもちゃんとしなきゃいけないってことだ。

「頑張ろう」

「うん」

猫を見つめて拳を握る私を真似して、明澄も掌を握り締める。同時に、グウとお腹の鳴る音が明澄から聞こえてきた。

「ごめん…。お腹空いてて」

「私も」

よし、ラーメンでも作るかと言い、明澄と一緒にそっと立ち上がる。猫を起こさないように気をつけて台所へ向かい、棚にストックしてあるインスタントラーメンを取り出した。デザートはさくらんぼだよ…と言うと、明澄はメインとの格差が大きすぎない？　と首を傾げた。

その夜、都心を襲った台風は強い雨風で交通機関の混乱を招いたりしたものの、大きな被害はもたらさず、翌日の昼過ぎには温帯低気圧へ変わった。明澄の大学は休講になり、家にいられたので、午後から猫を一緒に動物病院へ連れて行くことになった。

詩ちゃんのお母さんに教えて貰ったように、猫をにゃーるで満足させてから抱き上げ、キャリーバッグに入れる。出来るかどうか心配だったけど、猫は意外におとなしくて、されるがままでいてくれたので助かった。

猫を入れたキャリーバッグを明澄が背負い、私は財布とかスマホとかが入ったサコッシュをかけ、いざ動物病院へ…と家を後にした。自宅側の玄関から出て、動物病院へ向かって歩き出し、店の前を通り過ぎようとした時だ。

シャッターが閉まっている店を見つめている女性に気がついた。

「…！」

あれは…。先日、筆ペンを探しに来た女性客だ。今日もエレガンスな装いで隙がない。店の前で立ち止まっているところをみると、まさか…まだ筆ペンを探しているのだろうか。

今から動物病院へ行かなきゃいけないし、今日は店を開けるつもりはない。休みであるのを伝えておこうと思い、明澄にちょっと待ってくれるよう頼み、女性客に近付いた。

「あの…」

「あ…」

「すみません。今日はお休みで…」

営業する予定はないのだと言う私に、女性客はほっとしたように微笑み、違うのだと言って首を小さく振った。買い物に来たわけではなく、私に会いたかったのだと言う。

私に…って、どうして？ 不思議に思う私の前で、彼女は腕に提げていたバッグから小さな包みを取り出した。

「これ、どうぞ。昨日、渡しに来たかったんですが、お天気が悪かったので…」

「…？」

差し出された白い紙袋を何気なく受け取り、「なんですか？」と尋ねる。私と彼女は、店番と客という関係で、特に知り合いというわけじゃない。いつも来てくれる近所の人…というわけでもないし。

何を渡されたのか想像もつかず、中身を聞いた私に、彼女は真面目な顔で「お守りです」と言った。

「お守り…？」

「この前、厄年のことを教えて下さったでしょう？　私、そういうのに疎くて、全然知らなかったんですが、調べてみたら本当にそうで…。京都のお寺まで厄払いに行ってきたんです。歳が近いとお聞きしたので、これを」

「……」

私に…買ってきてくれた…ってこと？　想像もしなかった展開に驚き、お礼も言えないでいると、彼女は筆ペンについても話し出した。

「筆ペンのことも、ありがとうございました。トレースするなんて考えたこともなくて…そんなの…って思ったんですが、よくよく考えたら、それで十分かなって。やってみたら褒められて、拍子抜けしました」

「あ…ああ、そうですか。それはよかったですね」

お守りを渡されたのにはびっくりしたが、筆ペンの件は素直に喜べた。初めて訪れた店で泣き出すほど、追い詰められていた彼女が救われたなら本当によかった。

相槌を打つ私に、彼女は厄払いに行ったら色々と風向きが変わってきたと言って嬉しそうに笑った。

「なので、きっとこのお守りも効くと思いますから。仕事運も上がるらしいです」

「はあ。ありがとうございます」

彼女に厄年云々の話をしたものの、私自身は本当のところ、そういうのをあまり信じていない。気の持ちようだと言いたかっただけなんだけど。

でも、厄払いをしたせいでよくなったと思えて、前向きになれているならその方が絶対にいい。私にお守りを持ってきてくれるくらい、気持ちを変えられたのだと思うから。

礼を言って頭を下げると、彼女は背後に立っていた明澄を不思議そうに見た。誰なのかと聞きたそうな顔付きを見て、甥なのだと教える。

「ここで一緒に住んでまして…今から猫を動物病院へ連れて行くので」

「あ、やっぱり。猫ちゃん用のキャリーバッグですよね？」

嬉しそうに笑う彼女は、明澄ではなく、明澄が背負っているキャリーバッグに興味を引かれていたらしい。明澄の後ろに回り、キャリーバッグのメッシュ部分からそっと中にいる猫を覗く。

「可愛い…！　まだ子猫ですね」

「詳しいんですね」

私も明澄も猫ビギナーなので、この子が子猫だというのは、詩ちゃんのお母さんに教えて貰うまで分からなかった。驚く私に、彼女は自分も猫を飼っているのだと言う。

「保護猫なんですけど」

そう言って、ごく当然な感じで、バッグから取り出したスマホで飼っている猫の写真を見せてくれる。ふわふわの長毛で、彼女の雰囲気にぴったりな猫だった。年齢は三歳。名前はエルサ。そんな情報を教えてくれてから、彼女は私たちに猫の名前を聞いた。

そこで私と明澄は顔を見合わせた。そうだ。名前…。

「のら…」

「この子、昨日保護したところで、今、考え中なんです」

明澄がつけていた「ノラミ」という名前を口にしようとしたところ、明澄が思いがけないほどの強い口調ではきはき説明した。彼女は保護したてだと聞くと、「そうだったんですか」と大きく頷き、もう一度猫を見る。

「昨日は台風で怖かったもんねえ。よかったねえ」

優しく話しかけ、私たちにも「ありがとうございました」と礼を言う彼女は、長田さんや詩ちゃんのお母さんと同類の人らしい。いいおうちに保護して貰えてよかったと続ける彼女に、猫を飼うのは初めてなのだと話すと、「えっ」と驚いた。

「猫沢文具店なんて名前だから、何匹も飼われているのかと思ってました」

「いいえ」

やっぱりそう思われてるんだな。苦笑して否定する私を、彼女は頑張って下さいと励ま

してくれる。それから、

「足を止めさせてしまってすみませんでした。失礼します」

と頭を下げて、帰っていった。遠ざかっていく彼女を見送り、再び動物病院へ向けて歩き始める。ところで、明澄はどうしてノラミと言おうとした私を遮ったのか。気になって尋ねてみると。

「それは…僕が適当につけた名前だし、もう野良猫じゃないのに、ノラミじゃ可哀想じゃないか」

「まあ…そうだね」

「ちゃんとした名前を考えるから」

しばらく時間が欲しい…と言う明澄の顔は真剣で、任せておこうと思い、筆ペンの彼女から受け取った白い紙袋を開けてみた。中に入っていたお守りを取り出してみると。

「あ…可愛い」

厄除けだと聞いたそれは、意外にも猫の柄のお守りだった。二匹の猫が並んでいるデザインで、真ん中に厄除けと書かれている。猫好きの彼女らしい。

仕事運も上がるって言ってたけど、本当かな。仕事といえば、長田さんに返事をしなきゃいけない。長田さんの善意に甘え過ぎなんじゃないかとか、自分では力不足なんじゃないかと思って、断ろうとしたけれど。

「……」

現実的な問題として、猫を飼うにはお金がいる。動物病院の医療費や、フードやトイレの砂といったランニングコスト、ベッドやキャリーバッグなどにかかる費用…。そういうことを考えたら、来る者拒まずの精神でチャレンジしていくべきだ。迷っている余裕はない。

たぶん、もう、ぼんやりする時期は終わったのだ。

猫のお守りをぎゅっと握り締め、猫も私も明澄も、長田さんも詩ちゃんも詩ちゃんのお母さんも…お守りをくれた彼女も。みんなを守ってくれるように願いを込めた。

「そうだ…！　二胡ちゃん」

唐突に声を上げた明澄に驚き、「なに？」と聞く。明澄は真剣な表情で、重大な事実に気がついたのだと言った。

「病院ってさ、カルテとかあるだろ？　てことは、名前、聞かれるんじゃないかな？」

「猫の？　…かもね」

そうだよね。連れて行くのは私たちだけど、患者…いや、患獣は猫なわけだし。

「うわー！　どうしよう？　動物病院に着くまでの間に考えなきゃいけないわけ？」

「取り敢えず、今日は『ノラミ』にしておいたら？」

「厭だよ。猫沢ノラミなんて、まんまノラ猫じゃん。この子の黒歴史になっちゃうよ！　あり得ない！」

なんとしても可愛い名前を考える。ぶつぶつ言いながら歩く明澄に呆れ、キャリーバッグの中にいる猫を見る。きょとんとした顔で見返してくる猫は可愛くて、どんな名前になるんだろうねと心の中で話しかけた。

この作品はフィクションです。
実在の人物や団体などとは関係ありません。

お便りはこちらまで

〒一〇二―八一七七
富士見L文庫編集部　気付
谷崎　泉（様）宛
榊　空也（様）宛

富士見Ｌ文庫

猫沢文具店の借りぐらし

谷崎　泉

2024年９月15日　初版発行

発行者　山下直久
発　行　株式会社 KADOKAWA
〒102-8177　東京都千代田区富士見２-13-3
電話　0570-002-301（ナビダイヤル）

印刷所　株式会社暁印刷
製本所　本間製本株式会社
装丁者　西村弘美

定価はカバーに表示してあります。

◇◇◇

●お問い合わせ
https://www.kadokawa.co.jp/（「お問い合わせ」へお進みください）
※内容によっては、お答えできない場合があります。
※サポートは日本国内のみとさせていただきます。
※ Japanese text only

ISBN 978-4-04-075575-5 C0193

月影骨董鑑定帖

著／谷崎 泉　イラスト／宝井理人

「……だから、俺は
骨董が好きじゃないんです」

東京谷中に居を構える白藤晴には、骨董品と浅からぬ因縁があった。そんな彼のもとに持ち込まれた骨董贋作にかかわるトラブル。巻き込まれないよう距離を置こうとする晴だったが、殺人事件へと発展してしまい……!?

【シリーズ既刊】全3巻

富士見L文庫